今まで布団の中で噛まれたことなんてなかった。それなのに今、強く甘く噛みつかれる。噛まれながら揺さぶられ、乱暴に突き上げられた。　（本文より抜粋）

DARIA BUNKO

水神様の愛し子 〜神が人の子を育てたら〜

高月まつり

ILLUSTRATION 山田シロ

ILLUSTRATION
山田シロ

CONTENTS

水神様の愛し子 ～神が人の子を育てたら～

空気が湿り、音が消えた。

次の瞬間、空からふわふわと白い綿のようなものが降ってきた。雪だ。

雪の降る前は決まって世界から音が消える。

「今年は少し早いな……」

純白の着物に身を包んだ男が独りごちる。

万が一にもないだろうが、この姿を誰かに見られたとしても「人」として見えるように立っている。

普段はそうそう外界に出ることのない彼が、今夜に限り、自分が住まう神社の境内に姿を見せた。

身の回りの世話をしている眷属たちも「どこへ行かれるのですか？」と首を傾げていたが、彼自身も、自分がどこへ向かっているのか分からなかった。

一時間前まで明かりが灯っていた社務所は、最後の事務員がしっかりと戸締まりをして、今は無人となっている。

ふわふわと雪が舞い落ちる中を、彼はのんびりと歩く。

風のない夜、雪は瞬く間に積もっていった。

「理由もないまま、なんで俺はここにいる」

自分より幾分年下の神木を見上げ、彼は小さく笑う。

その時、草木ではない「生き物」の気配を感じた。

「あ」

彼は小さな声を上げ、ニヤリと口角を上げる。

俺が、意味もなく社を出るはずがない。このためだったのか。

気配のする方を向く。

――これは、人だ。生まれて間もない赤ん坊だ。

彼は迷うことなく歩み、社務所裏の物置に辿り着く。

そこには、バスタオルで蓑虫のように包まれた、まだ目も見えない赤ん坊が動いていた。

「お前か」

師走のこの時期、庇護を必要とする生き物がたった一人で生きていけるはずもない。

彼はじっと赤ん坊を見下ろして、赤ん坊の様子を覗う。

「人の子よ。このまま命を終えたくないのなら、声を出して俺を呼べ」

そもそも彼は、乞われなければ人の生死に関わらない。

人とは勝手なものだから、気を利かせて何かをしてやろうなどとはこれっぽっちも思っていないのだ。

「……どうする？」

彼の声が空気を震わせる。

赤ん坊の小さな口が開いて、白い息が見えた。

「ふぇ……っ」

小さくはあったが、赤ん坊は声を上げて泣き始めた。生きたいと言えない代わりだ。

「ようやく泣いたか。強欲に泣けばいいものを、なんともささやかな泣き声だ」

口ではそう言いつつも、彼は楽しそうに笑って「赤子の蓑虫」を抱き上げる。ずいぶん軽く、そしてひんやりとしていた。

「七歳までは神のうち……。今の世から間引かれてしまったのなら、俺がもらってやろうじゃないか。それに、身の回りの世話役にもう一人ぐらいほしいと思っていた」

まだ目も開かない赤子を抱き上げて、彼は空を見上げた。

ずいぶんと降ってきたようで、雪で視界が遮(さえぎ)られる。

「雪か。そうだな、お前の名は雪也(ゆきや)にしよう。それがいい。お前は雪也だ。元気に育って、俺の世話をするのだぞ？」

名を与えられた赤子は、彼の腕の中でぐずっている。

「ここは寒い。さあ、社へもどろう」

彼は赤子の頬に自分の頬をすり寄せて、今来た道をゆっくりと戻った。


一級河川・透流川を御神体とした「透流神社」は、縁切神社として密かに有名で、昼間はいたる場所から悪縁を切りに人々がやって来る。

昔々、妻を大事にしない夫と、耐えに耐えていた妻との間にたちまち水が湧き、夫を飲み込み大きな川となった。そして妻は夫と縁を切ることができた……という逸話が有名で、昔話の絵本「ホラー編」にも載っている。

社に戻った透流に、眷属たちは悲鳴を上げた。

みな口々に「どうしてそんなものを拾われたのですか！」「人の子など！」「まだ赤子です！」と声を上げながらも、何も言われていないのに湯の用意や布団の用意を始める。

「まったく！　こんなに冷たくなって！　透流様！　この赤子に湯浴みさせますがよろしいですか？」

もっとも永い眷属の丹頂が人の姿にひらりと変化し、透流の手から赤子をそっと譲り受けた。

「俺がやるからよい」

「あなたには他にもすることがございましょう？」

「いやいやいや、雪也は俺の世話をさせるために拾ったのだ。ならば最初は俺が世話をだな」

雪也と、そう言った途端、その場にいた眷属たちがざわめいた。

名をつけるということは、そのものの命に対して責任が生じることだ。

眷属たちは、透流が戯れで人間の赤ん坊を拾ったのではないと知って、心がほんわかとした気持ちになった。

いつも暢気で、たまにしか仕事をしない主人だが、それでも眷属たちはみな、透流が人一倍「慈悲と慈愛」を持ち合わせていることを知っている。

でなければ、人の未来に深く関わる「縁切」などに携わったりしない。

信心深く参拝し、涙を流しながら必死に手を合わせている人間には、ちゃんと報いる。面倒臭そうな態度は、照れ隠しだ。

「よい名前ですね。透流様」

奉納品の中にあったと、赤子用の肌着を持って鮎がやってくる。彼も、透流神社に奉納されてから、ずいぶん永く透流に仕えている。

「おお、鮎か。お前も雪也の世話をしたいのか？　そういえばお前は、ここと人の子の世界をよく行き来していたな。人の赤子に触れたことはあるか？」

「触れたことはありませんが……何度も見ました。なかなかに愛らしい生き物です」

「そうか。……では、お前にも雪也の世話をさせよう。兄のように接してやるがいい」

兄にしてはずいぶんと年の離れた「兄弟」になるが、鮎は気にせず「はい喜んで」と微笑(ほほえ)む。

「ところで雪也は、明日には幼児ほどに育っているな？　俺の世話をさせたいのだ」

暢気に言って微笑む透流に、丹頂と鮎は顔を見合わせ、再び透流を見た。

んん、と、丹頂が咳(せき)をして代表して答える。

「透流様。人の赤子の成長は私たちとはまったく違います。立って歩くようになるまで一年以上はかかります。ましてや、あなた様のお世話ができるようになるには……最低でも十年は待っていただきませんと」

透流は右手を口元にあて、しばらく黙ってから「人の成長が遅いことを忘れていた」と口を開く。

真顔でそんなことを言う主人に、眷属たちは「思い出してくださってよかったです」と声を揃(そろ)えて言った。

「十年か。俺たちには大した時間ではないな。そのまま育てるぞ。雪也は我が社に奉納されたも同然だ。立派に育てて、俺の世話をさせる」

眷属たちは笑みを浮かべて無言で拳を突き上げる。

人の子、ましてやこんな小さな赤子を育てた経験は誰にもない。

だからこそ彼らは、奉納された人の子を透流の世話人として、しっかり育てることを誓い合った。

「透流様、赤ん坊用のオムツを用意しなければなりませんね。俺が人の世界に行って買ってきましょうか？　他にもいろいろと入り用ですし」

「そうだな。鮎、お前に任せよう」

他の眷属よりも人の世界を知っている鮎なら、間違いない。

透流はそう考えて、彼に任せた。

丹頂は雪也を風呂に入れるため、他の眷属たちと一緒に一礼してその場を去る。

「これから楽しい日々が待っていますよ、透流様。人の子は面白い」

「面白いのはもう知っている。雪也は俺を呼んだのだ。この、神の俺をな」

ふふんと笑って、なぜか胸を張る透流に、鮎は「それじゃあ大事に育ててあげましょうね」とにっこり笑う。

「そうだな。せいぜい長生きしてもらわんと」

せっかく俺に拾われたのだ。大事に育てて丁寧(ていねい)に躾(しつけ)して、どこの神の前に出しても恥ずかしくないよう育ててやる。そして人の身に余る貴重な体験をさせてやろう。

透流は、雪也が生きている間中、世話をしてもらう気でいた。

「とーるさま！　はなびらが、いっぱいおちてきました！」

白い着物に赤い帯をつけた雪也が、窓の外からこちらに向かって飛んでくる花びらを指さして、大きな声を出す。

彼の教育を担当した丹頂はとても優秀で、雪也は五歳で、簡単な漢字の読み書きもできるようになった。だがまだまだ遊びたいさかりで、外を見たり眷属たちの尻尾に包まれたかと思うと囓ったり、喧嘩をしたりと楽しんでいる。

「あれは、桜の花びらだ。今年の別れの挨拶だろう」

上座でのんびりと手紙を読んでいた透流は、顔を上げて雪也を手招き、ポンポンと自分の膝を叩いた。

ここに座れ、の合図だ。

歩くことが楽しくてたまらない雪也は、満面に笑みを湛えて主人の元に走ると、彼に背を向けてその膝の上にちょこんと尻を載せた。

透流は背後から雪也をそっと抱き締め、右手を花びらに差し出す。

すると花びらはたちまち、キラキラと光り輝く着物を着た美しい女性へと変化した。

「透流様」

「今年も相も変わらず美しかったぞ、桜」

「勿体ないお言葉、ありがとうございます。来る年まで、しばし、お暇をいただきにあがりました」

桜の精霊の、鈴を転がすような愛らしい声に、心臓を高鳴らせて見つめていた雪也の頬が赤く染まる。

透流はそんな雪也を一瞥して微笑むと、「よい、許す」と言った。

「ありがとうございます透流様。そして、人のお子は健やかに育ちなさい」

桜の精霊は深々と頭を垂れてから、舞うように袖を揺らして消える。

「あ……っ！　…………ひとのすがたになれるとしっていたら、もっとはなしかけたのに」

「それは来年、してやるがいい。きっと喜ぶだろう」

「うん、とーるさま」

「そこは、『うん』ではなく『はい』だ」

「はい、とーるさま。さくらがなくなったら、つぎはなにがさきますか？」

透流の膝の上で、雪也が無邪気に問う。

「そうだな、次は池の菖蒲だ。それが過ぎると紫陽花」

「きれいなおはな？」

「ああ。とても綺麗だ」

「とーるさまよりきれい？」

すると透流は小さく笑い、「どうだろうな」と、雪也の耳に囁いた。

彼はくすぐったそうに首をすくませると、「とーるさまがいちばんきれい」と言った。

「そうか」

「ぼくは、とーるさまがだいすきだから！」

雪也が体を捩って透流と向き合う。

「きれいだから、いっぱいさわっちゃだめだって、いわれた」

「誰に？」

「ちいさなとり、です。ぼくがさわれるひとじゃないんだっていわれました」

「ふむ」

「ぼくは、けんぞくじゃないから、ここにいたらだめだって……えっと……」

言われた時のことを思い出したのか、雪也はポロポロ涙を零しながら「じゃまって、どういうい みですか？」と尋ねる。

透流はしばし目を閉じて、そしてため息をつく。

「誰が言ったのかは予想がつく。……そうだな、お前がもう少し育ったら話してやろう。それまでは、何を言われても気にしてはならない。お前は俺が可愛がっている子だ。いいな？」

「は、はい」

「いい子だ」

透流は目を開け、雪也の目尻に唇を押し当てて、まつげにたまっていた涙をそっと吸い取る。

何度も優しく口づけて、やがて彼が心地よく目を閉じるまで、ずっと抱き締めていた。

「丹頂」

「はい、ここに」

障子(しょうじ)を開けて、丹頂が現れた。

彼は透流が尋ねるよりも先に「石たたきの数羽、ですね」と口を開いた。

石たたきはセキレイのことで、たまに境内にやってきては雀(すずめ)たちとおしゃべりをしている。

「小鳥に口を閉ざせとも言えんが、人の子を苛(いじ)めると境内には入らせんと言っておけ」

「はい」

丹頂が一礼して部屋を出た。

「お前はよく眠るな。早く育てよ雪也」

腕の中の幼子は、そこが自分の当たり前の居場所だと言わんばかりに、無防備な寝顔を透流に見せた。

透流神社の参拝者の殆どは女性で「今付き合っている人と綺麗に切れて、新しく良縁がやってきますように」と神に祈りを捧げていくので、その手のお守りやグッズが多い。

絵馬にも悪縁を切って良縁が巡ってくるようにと願うものが多い。

三角関係のもつれからの呪いじみた絵馬も少なくないが、やはり「悪縁切り」が人気だ。

今日も今日とて、木枯らしが吹く寒さも何のその、女性たちは笑顔で参拝しておみくじを引き、お守りを買って帰った。

「……こういうのも商売繁盛？　お賽銭箱が重いって唸ってる」

社の中から外を覗いて、雪也が真面目な顔で言った。

短く切り揃えられた黒髪、白地に燕の模様が刺繍された着物に朱色の帯を締め、足元は素足。

まだまだ幼い丸い頬は、触れたらきっと柔らかい。黒目がちの大きな目に、小さな鼻と小さな口が付いている。

あの日、神様に拾われた赤子は、スクスクと愛らしく成長して今年で八歳だ。

「商売というか、まあ、透流様の神力は凄いから、人間は喜捨したくてたまらないんだよ」

「アユさん！」

振り返ると、青紫の着物を着た人なつこい笑顔の青年が立っていて、雪也は彼を「アユさん」と呼んで抱きつく。

「お帰りなさい！　いつ人の世界から戻って来たの？」

「ついさっき帰ってきた。雪也へのお土産は本だ。何冊も持ってきてやったからしばらく退屈しないぞ？　廊下に積んである」

「やった！　人の世界って変わってるから好きだ！　あ、ありがとうございます！」

雪也は頭をぐりぐりと撫でられながら、大声で笑った。

鮎は、今では透流の言葉通り、すっかり彼の兄のような存在になっている。

「透流様にご挨拶があるから、俺は『奥』へ行く。またあとでな？　雪也」

「はい！」

鮎は「今の世を知りたい」と言う透流のために、ちょくちょく社を出ては人の世を見に行っていた。

他にもそういう眷属が何人もいるらしいが、雪也は鮎しか知らない。

人の世の話を聞くことで透流が喜ぶなら、自分も早くその役目になりたいと思っていた。

『よいですか？　雪也。あなたは畏れ多くも透流様に拾われました。これからは透流様にご奉仕するのですよ？　まずは、その言葉遣いから改めましょう。よろしいですか？』

七歳の誕生日が終わってすぐに、いつも透流の傍にいる丹頂が、改まってそう言った。

丹頂の話は半分も理解できなかったが、透流の世話をすることだけは理解できた。

透流の世話といっても、今の幼い雪也にできることはあまりない。成長したら、透流の着物を選んで着せたり、人の子の願いを聞き入れる短冊を整理したり、鮎のように人の世界を語って聞かせたいと思っている。

「僕も、透流様のところに行こう」

アユさんに本をもらったんだと報告しなければ。

雪也は廊下に出て、鮎が言った通りに積んであった本の中から一冊抜いて両手に持った。


「……相変わらず人の子たちは好き勝手やっているということか。うちが繁盛するわけだ」

透流は鼻で笑って、優雅に奉納品の茶を飲んだ。

細面(ほそおもて)に、どこまでも人の心を見透かすような切れ長の目、冷ややかな美貌を持ち、白に金が混じった輝く髪を無造作に伸ばした川の神格は、白地に金と赤の派手な鯉(こい)の模様が刺繍された着物を着ている。

「そういうことですね」

鮎が話をひとまず終わらせ、お茶で喉(のど)を潤(うるお)した。

「ところで鮎」

「はい、なんでしょう」

「雪也はますます愛らしくなっただろう？　お前が人の世に出ている間に、寝小便もしなくなったし一人で顔を洗えるようにもなった」

透流は自分のことのように誇らしげな笑みを浮かべ、自分の眷属を見る。

「よく躾けられましたね。そういえば、雪也用に本を土産に帰ってきたんですが、いい笑顔で礼を言ってくれました」

「そうか。じゃあ、そろそろやって来る頃だな」

鮎が首を傾げたと同時に、勢いよく障子が開いた。

「透流様！　アユさんに本をいただきましたっ！」

雪也が両手に本を抱き締め、軽やかな足取りで透流の傍に向かう。廊下の向こうからは、丹頂が「行儀が悪いですよ！」と雪也を叱る声が聞こえてきた。

「そうだな。ここに入る時は、障子の向こうから声をかけろと習っただろう？　雪也。俺は、物覚えの悪い子は好かん」

ニヤニヤと笑いながら意地悪く言われて、雪也は拗ねたように唇をきゅっと結ぶ。

「お前は俺に仕えるために、行儀も習っているんだ。ならば、少しは賢くなったところを俺に見せてみろ」

「……行儀が悪くてごめんなさい。次からは気を付けます」

「よし」

透流は雪也の謝罪を受け入れ、彼を手招きした。

雪也は素直に透流の足元に正座をし、「アユさんからもらいました」と、改めて本を見せる。

「よかったな」

「はいっ！」

よしよしと頭を撫でてくれるのが嬉しくて、雪也は顔を真っ赤にして笑った。

「いっぱい本を読んで、今よりも賢くなります。そしてもう少し大きくなったら、僕は透流様のお世話をします」

雪也は、キラキラと目を輝かせて透流を見る。

だが透流は、じっと見つめられるのが嫌なようで、雪也を手で追い払う真似をした。

「……そろそろお暇します、透流様。雪也、俺と一緒に行こうか」

「え……？　でも………」

雪也は両手で本を抱き締めたまま、もじもじと尻を動かす。しかし透流に「お前も下がれ」と言われてしまい、仕方なく鮎と一緒に奥から出た。

「僕、もう少し透流様と一緒にいたかったのに」

「もっと育って、ちゃんと役に立つようになったら、透流様も喜んで傍に置いてくれるだろうよ。それまで辛抱しろ」

「僕は人の子だから育つのが遅いんだって。タンチョウさんが言ってた。どれだけ寝たら透流様のお世話ができるようになるかな」

今の自分は小さくて、鮎の隣を歩くのにも小走りになる。

透流の着替えも、着物が重くて持てないので手伝えない。最近の雪也は、自分の小さな体に腹を立ててばかりだ。

「それは俺にもよく分からないな」

「僕より長生きなのに、アユさんにも分からないの？」

「人の子のことはね、本でしか知らないんだよ。人の世界にいる俺の知り合いは、みんな成長し終わっているから」

「じゃあ、みんなアユさんみたいに大きくて格好いいんですね」

するとは鮎ぷっと噴き出して歩みを止め、雪也の頭を乱暴に撫で回した。

「大きくなったら、人の世界に連れて行ってやるよ。そうしたら、いろんなことが分かるだろうから」

「アユさんと一緒？　透流様は？　僕、透流様も一緒がいいです」

「どうだろうな。あの方は、人の世界にはあまり行きたがらない。面倒臭がりなんだよ。だから代わりに俺が行って、自分が見たことや聞いたことをお話しする」

毎日人の願いを聞き入れ、叶(かな)えていたりするのに面倒臭がりってどういうことだろう。今の自分にはよく分からないが、もっと成長したら分かるかもしれない。

雪也はそう思って、再び歩き出した鮎の後ろを小走りで追いかけた。


「透流様の髪はとても綺麗です」

湯浴みが済んで自分の部屋に戻ってきた透流の、濡(ぬ)れた髪を乾かすのは雪也の役目だ。

一緒に風呂に入ると決めたのは透流なので、眷属たちは何も言わない。ただ、今まで彼の背を流していた眷属だけは、寝間着を用意する係に異動させられ、雪也を見るたびに恨めしそうに睨(にら)んでくる。

部屋の中は香り蝋燭(ろうそく)の柔らかな明かりが灯されていた。

「本当に……綺麗」

「そうか」

「キラキラ光っていて、僕の真っ黒な髪と違うし……」

眷属の誰かに何か言われたのか、雪也はしょんぼりとした顔で、それでも透流の髪を丁寧に拭(ふ)いている。

さらさらと絹糸のような手触りの髪は、拭いていく傍から乾き始めて光沢を伴う。

雪也は、この雪のような色をして、先端が炎のように赤い髪が大好きだった。だから、大事に大事に、丁寧に拭いていく。

自分の髪からも雫が滴り落ちているが、そんなことは二の次だ。雪也は透流に拾われて、彼のために生きている。

「俺はもういい。今度はお前だ」

雪也は髪を柔らかな布で拭かれ、そっと肩や首筋に触れられた。

「少し冷たいぞ、お前。人の子は温かくしておかないと死んでしまうのだから気を付けろ」

「僕は元気ですよ、透流様」

「そんなに冷たいと、俺の布団に入れてやることはできんぞ」

その言葉は、雪也に多大な衝撃を与えた。

透流のお世話をするために生きているのに、数少ない役割の一つである添い寝ができないなんて。

「廊下、廊下を……走ってきます！　そしたらあったかくなる！　ちゃんと添い寝をします！　できますから、だから……透流様のお役に立たせてください……！」

鼻の奥がツンと痛くなって声が震える。

「なんだお前、泣くのか？　人の子は面白いな。こんなことで泣くな」

「だ、だって……っ、僕っ、透流様の、お役に……立ててないっ」

必死に涙を堪えているつもりの雪也は、透流の指先で目尻を拭われても「泣いてません」と言い返した。

「役に立っているぞ。今のこの状態もなかなか愉快だ。愛らしいな」

「何もできていないのに……っ」

「今のお前に誰が多くを望むものか。お前はそのままでいい」

透流の両手が伸びてきて、そっと膝の上に乗せられて抱き締められる。

「こうしていてやるから、早く温かくなれ」

「はい。ごめんなさい、僕……次からもっと頑張ります」

真剣に言ったはずなのに、透流にしばらく笑われてしまった。


「お前は人の子で、俺の眷属ではないのだ」

静かな声で告げた透流の横には、丹頂と鮎が正座している。

雪也は透流の正面に正座していた。

「………はい？」

「以前、お前がもう少し大きくなったら言うと、約束しただろう？」

「あの、よく覚えてません。すみません」

「それならそれでもかまわん。お前は、眷属ではない、これは分かるか？」

「……僕に、尻尾や羽がないからですか？」

「人の子だからだ」

雪也はじっと透流を見つめ、やがて、唇を噛みしめて泣くのを我慢する。

「僕は、ここから、追い出されるのですか？　何もできないから……」

言っていて自分で悲しくなり、体を震わせてボロボロと涙を零した。

「僕は、透流様の傍にいたい、です」

それだけ言って、その場に突っ伏して「うえぇ」と本格的に泣き出す。

可哀相だが、この泣き方はちょっと可愛いと、三人ともつい、雪也を慰めるのを忘れて、彼の泣いている様を堪能してしまった。

「あーあー、透流様、いつまで雪也を泣かせておくつもりですか。可哀相です」

鮎が懐から柔らかな布を取り出して、雪也の顔をそっと拭う。

丹頂は「透流様」と彼を呼び、ため息をついた。

「ああ、雪也の泣き顔が可愛らしくて見入ってしまった」

丹頂と鮎が顔を見合わせ、呆れ顔で首を左右に振る。

「雪也、最初に言っておくが、俺はお前をここから出す気はまったくない。安心しろ」

「ほんとに？　ありがとうございます！　僕、いっぱいお世話します！　廊下の掃除も部屋の掃除も、なんでも、お手伝いします！」

雪也は鮎にしがみついて、「キャー」と可愛い声を上げた。

「眷属と人の子は違う、ということを伝えたかった」

丹頂が「透流様は言葉が足りません」と突っ込みを入れたが、透流はしかめっ面をしただけで終わる。

「眷属はな、ここにいる丹頂や鮎を含めて、何年経っても外見が変わらん。だがお前は成長する。もっと背が伸びて、少年から青年へと変わり、年を経て最後は白髪の老人となる」

「……透流様より大きくなったら、透流様をお守りできますね！」

「そうだな」

「僕は、老人の次は、何になるんですか？」

「死、だ。最後、お前に待っているのは死だよ、雪也。そうしたら、お前の魂は俺が救おう」

よく分からない。

雪也はパチパチと瞬きをして首を傾げた。

「それは、何歳ですか？」

「そうだな。今の人の子の寿命を八十年とするなら、お前に残された時間は七十二年だ」

小さな子供には果てしない。

今の雪也は、大体の子供がそうであるように一日が長い。何十年も先のことなどサッパリ分からなかった。ただし。

「では僕は、いっぱいいっぱい、透流様と一緒にいられますね！」

それだけ分かってれば充分だと、彼らの前で胸を張る。

「お前は人の子だから、眷属のような術は使えん。化けることもできん。よく覚えておくように。いいな？」

「術が使えない…………。いつか使えるようになると思っていたけど、だめなんですね」

「そうだ」

「僕は、成長しても透流様のお役に立てるんでしょうか？　立てないのに、ここにいたら……」

雪也の目に、瞬く間に涙がたまる。

「お前は、今も俺の役に立っているよ。安心しろ」

「本当に？」

「神が嘘をつくか？」

雪也は慌てて首を左右に振る。

そして「僕、人の子でも透流様のお役に立てるよう、いろいろ頑張ります」と瞳を輝かせた。

「……透流様、これ、絶対に、あとあと面倒臭い事案が発生しますよ」

鮎が険しい顔で言った。

丹頂も何度も頷(うなず)く。

だが透流は、「そんな事案は起こらん」と言って、雪也を手招き、泣かせた代償を払うためにぎゅっと抱き締めた。

着物の刺繍が、燕から鳶に変わった。帯の色も青になった。

幼かった頃は廊下を走って障子に穴を開けたり、夜中に境内を駆け回って幽霊騒ぎを起こしたりとやんちゃをしていたが、成長した今は、物静かな少年へと変化した。

最初は雪也を厭わしく思っていた眷属たちも「背ばかり伸びて、体はまだまだ細いね」と笑い、けれど「よくぞ十五歳まで生きたものだよ」と喜んでくれた。

透流に拾われた雪也は、本当の誕生日を知らない。なので、透流に拾われた日が誕生日となった。

「本来ならば元服なのでしょうが、今の人の世は二十歳にならないと一人前に見られないと言います。なのでお前は、まだまだ子供ですよ、雪也」

丹頂がそう言って、ヨシヨシと雪也の頭を撫でた。

十五になったお祝いに、透流の大事な世話を一つ任せてもらえるようになった。

彼のために、毎朝着物を用意して着付けることだ。

透流は大勢の信奉者を抱えており、反物の奉納も多い。人の子である雪也の食事も、奉納された食べものでまかなっている。社の中には雪也の知らない秘密がまだまだたくさんあるのだ。

奉納されて「神のもの」になったら、眷属たちの出番だ。

彼らはそれを美しい着物や帯へと仕立てる。

着物の着せ方や帯の結び方は、丹頂と他の眷属たちから仕込まれた。

「私たちの教え方が悪いと、透流様に思われたら死んでしまいます」という眷属の脅しにも似た言葉で、雪也は俄然張り切り、着付けを覚えていった。

しかし自分で着物を着るのと、相手に着せるのとではずいぶん勝手が違う。

初めての着付けで、雪也はまず着物の合わせから失敗し、透流に「お前は俺を黄泉に送りたいのか？　しばらく行っておらんから、向こうに顔を見せに行くにはいいかもしれないが」と笑われて、死ぬほど恥ずかしかった。

気づいたなら言ってほしかったのに、透流は帯を締め上げてから笑いながら言ったのだ。

これにはあの気むずかしい丹頂まで肩を震わせて笑い、いつも雪也に助け船を出してくれる鮎さえ「これはだめだ」と大声で笑った。

穴があったら入りたいというのは、こういう気持ちなんだと、あの時のことは二度と振り返りたくない。

だが一度だけだ。

今はもう大丈夫。今日も透流は、雪也の選んだ南天の実が描かれた着物に身を包み、眉間に皺を寄せて人の願いが書かれた書面に目を通している。

「透流様。顔が怖いです」

雪也は、茶の入った湯飲みを透流に差し出しながらそう言った。

綺麗な顔が台無しなのに、彼はまったく気にしていない。

「願いの内容が下らなすぎて、どれを叶えていいのか分からん。酷い顔にもなる」

「でも俺は、透流様にはいつも綺麗な顔をしていてほしいと思います」

幼い頃は「僕」と言っていたが、透流の真似をしていたらいつの間にか自分を「俺」と言うようになった。

初めて「俺は……」と言った時の透流の表情は、今も鮮明に思い出せる。

残念なような、それでいてどこか嬉しいような、そんな、何とも言えない複雑な表情だった。

丹頂や鮎には「お前もそう言うようになったか」と、しみじみとした表情で言われた。

「なんだ。この顔が不服か」

透流が手招きしたので、雪也はいそいそと彼の傍に向かう。定位置は、右手の横だ。

「こら。お前を手ずから育ててやったのは俺だぞ？　俺の恩に報いずどうする。どんな表情をしても麗しいというのが当然だろうに、お前は」

腕を掴まれ、乱暴に引き寄せられる。

すっぽりと透流の胸の中に収まってしまった雪也は、顔を赤くして「今日の透流様は変です」と言った。

「変じゃない。下らん願いに腹を立てているだけだ。俺を構え、雪也」

「え？　何をしましょうか？　本でも読みますか？　それとも……昼寝でもしましょうか？　今日は天気がよいので、神木様もうつらうつらしています」

よしよしと頭を撫でられながら、雪也は暢気なことを提案する。

だが透流はため息をついて首を左右に振った。

「それとも、気晴らしに境内に出てみますか？」

「それはそれで面倒臭い。勘の鋭い人の子に見られると、騒がれてあとが面倒だ」

「でしたら本を読みましょう。鮎さんが、この間新しい本を持ってきてくれたんです。誰にも見せるなと言われたのですが……透流様は特別なので、今、取ってきますね」

透流が返事をする前に、雪也は彼の懐からそっと抜け出して部屋を出た。

そして、五分もしないうちに両手に本を抱えて戻って来る。

「楽しみに取っておいたので、俺もまだ読んでいないんです」

ある程度の厚みはあるが、いつも読んでいる本と違って表紙が柔らかい。それに、文字や色がふんだんに使ってあって過激だ。

「お前、この本が何を意味するか分かって持ってきたのか？」

そう問われて、雪也は「いいえ」と首を左右に振る。

「お前が読むにはまだ早い」

「え？　透流様には意味が分かるのですか？　鮎さんからは、夜中に一人で読めと言われたのですが……」

自分が読むには難しい内容なのだろうか。それともどこかの法典か。

すると透流はゆっくりと立ち上がり、「鮎はいるか！」と声を出して手を叩いた。

しばらくして、「遅くなって申し訳ありません」と、鮎が人の世界の服装のまま透流の部屋に現れた。

「なんだお前、また人の世界に行くのか？」

「はい。向こうに住まう眷属が、何やら人間相手に店を開くそうで、その手伝いに」

鮎は雪也の横に腰を下ろして正座をする。

「そうか。眷属は大事にしろ。…………ところでな、鮎。雪也にずいぶんと面白い本を渡したな？」

「あー…………。えっと、その、人の世界で十五歳といえば、房事（ぼうじ）に関心を持つものです。なので、事前に知っておくのもいいかと思いまして」

鮎が冷や汗を垂らし、ぺこりと頭を垂れた。

「雪也は俺のものなんだが、お前は忘れたのか？　あまり勝手をするな」

「はい。申し訳ありません」

「ところで」

透流がずいと鮎に寄り、「雪也が房事に興味があると思うか？」と真顔で尋ねる。

渦中の人である自分を放って、何の話をしているのか。

雪也は「房事」の意味が分からずに首を傾げた。

「頭では分からなくとも、体が欲望を訴えるでしょう。その時は、雪也の命を拾い上げて育てた透流様がお世話してあげるのがよろしいかと」

「待て。待て待て。俺がか？」

「はい。もし難しいようでしたら、僭越ながら俺が対処しますが」

「つまりそれは、お前が雪也に触れるということか？」

「はい」

自分のことらしいのに、話に加われずに聞いているだけなのが心苦しい。せめて、単語の意味を教えてくれれば自分も会話できるのに。

雪也はそう思って「あの」と声をかけるが、透流に「待っていろ」と言われてしまう。

「奉納されて神のものとなった食材は、眷属たちが調理します。雪也はそれを食べて育ったので、体のどこもかしこも清いままです。精を滴らせても問題ないかと」

「そんなことは分かっている。だが、知らずにすむことなら知らないままにさせたい。人の子と同じようなことはさせたくない」

「透流様のお気持ちも分かりますが、万が一のためです」

自分に何か重大なことが起きるのだろうか。

雪也は引きつりそうになる頬を辛うじて堪え、じっと透流を見た。

透流も雪也を見つめ返す。

「……………まあ、そうだな。その時など来ないと思うが、鮎は何もせんでいい」

「はい」

「雪也の命は俺のものだ。だから俺がどうにかする。それでいいな？　雪也」

話を振られた雪也は、何も分からないまま、囁くように「はい」と返事をする。

いつものことだ。透流のすることはあとから理由が付いてくる。今回もそれだろう。

「俺は透流様のものです」

「よし。この本はお前が読む物ではない。とても難しい、ある意味呪術的なものだ。俺が許すまで保管しておく。それでいいな？」

「はい。よろしくお願いします」

ぺこりと頭を下げる。

雪也の世界は透流でできているので、彼の言葉に従っていればいい。

それがいつも正しい。

「あの、では透流様、何をしましょうか？　鮎さんが来てくれたので、また人の世界の話でも聞きましょうか？」

「もう鮎には用はない。雪也、枕になれ。俺は少し横になる。人の願いは今日はもう聞き入れないことにした」

「失礼致します」

鮎は二人を部屋に残して立ち去った。

透流はゆっくり体を動かして、その場にごろりと寝転がる。

せめて布団に入ってくれればいいのに、透流は畳の上に寝転がることを厭わない。

雪也は透流の傍らに寄り添い、大人しく透流の手に搦め捕られる。

抱き締めて眠るので「抱き枕」というものらしい。

雪也は透流に抱き締めてもらうのがとても嬉しく、心臓の音が聞こえるのではないかと思うほど激しく高鳴った。

顔まで熱くなってくる。

「お前は気持ちいいな」

「……………ありがとうございます」

透流に奉仕するのが自分の喜びで使命だと思っている。

その気持ちはこれからも変わらない。

ただ。

最近はこうして触れられていると、心の奥がきゅっと痛みを覚えた。時折呼吸も苦しくなる。

自分の体に何が起きているのか分からないのに、それを誰かに伝えることができなかった。どう説明していいのか分からないのだ。

透流から離れれば苦痛はなくなるのは分かっている。だがそれができない。

それに、離れると寂しかった。

俺の体はどうなっていくんだろう。もしかしたら、このまま死んでしまうのかな。それは嫌だな。ようやくお世話ができるようになったのに。今も、胸がドキドキして、体の中がむずむずする。

透流に優しく頭を撫でてもらうと、余計に動悸が激しくなった。

そこだけでは足りない、と、まるで透流にあれこれ願う人のように貪欲になる。

そんなものになったらだめだ。透流に嫌われる。お世話をさせてもらえなくなってしまう。

雪也の世界は透流がすべて。

「お前は温かい」

抱き締められたまま、透流の独り言を聞く。

「透流様のお役に立てて、嬉しい……です」

「そうか。こうしていると、初めてお前を添い寝させた時のことを思い出す」

まだ幼かった自分ができた唯一のお世話が「添い寝」だった。

湯浴みを終えたら透流の布団に潜り込むだけの簡単な仕事だったが、「温かい」と微笑んでくれたので嬉しかった。

「俺、これからもずっと、透流様のお傍にいます。俺のことを使ってください」

もう小さな子供ではないので、自分から透流に抱きつくことはないけれど、触れて抱き締めてもらえたらと思う。

「分かってる」

少しぶっきらぼうな声は照れている証拠だ。

雪也は、透流の優しさを感じて、小さく笑いながら目を閉じた。


正月が近づくにつれ、境内が何かと慌(あわ)ただしい。

巫女装束(みこしょうぞく)の女性たちが舞いの練習をし、男たちは正月飾りを並べる台を作っている。

「人間が一番活気づく季節ですね」

「お前も人間ですよ、雪也。ほら、これをあげましょう。奉納された菓子です」

わざわざ丹頂が自分の部屋に寄ったのはこれかと、雪也は彼の手から和紙に包まれた菓子を受け取った。

「ありがとうございます。……ですが俺は……普通の人間とは少し違います」

「それはそうですけどね」

雪也の隣に立ち、外を一瞥した丹頂は、なんとも微妙な表情を浮かべた。

「俺は、自分の寿命が尽きるまで、ずっと透流様の傍でお世話をします」

「そうですね。透流様はあなたの命を拾い上げてくださった」

「………それが一番なんですが、でも、今はちょっと……違う理由もあります」

「おや、なんですか？　それは」

首を傾げる丹頂に、雪也は「俺にもよく分かりません」と言って笑う。

彼は「分からなくはないけれど」と言いながら、透流の正月の予定を確認すべく他の眷属たちを呼んで部屋を移動した。

人間と眷属は体のつくりが違うのだと、頭では分かっていた。

眷属たちは、その大部分が透流のために奉納された生き物で彼の手で眷属にされた。

丹頂は、御神体である透流川に毎年飛来し、生涯を終えたあとに透流の元へはせ参じたという。

雪也が知らないだけで、翼を持つ眷属も大勢いるそうだ。

魚の眷属も、鮎だけでなく大勢いる。大概、みな雪也と仲がいい。もっと大きな生き物も社に住まっているらしいが、十五年生きてきて、雪也はまだ出会っていない。ウサギや狐などの小動物は、いつもまとわりついてくるが。

彼らは「雪也には毛皮がないのね」「つるつるで寒くないの？」と無邪気に話しかけてくる。

「透流様と同じだよ」と言うと、彼らは「形が似ているだけ」「透流様と同じだなんて、そんな大それたこと」と言った。

そうだろう。神様と人間を同等に考えてはいけないのだ。

透流は人の姿をしているが、あきらかに神で、雪也はその事実に最近戸惑っている。

ずっと傍にいたいのに、いざ傍にいると顔が赤くなって離れたくてたまらない。他の眷属に話しかけている姿を見ると、自分とだけ話してほしいと思ってしまう。こんな気持ちは生まれて初めてだ。

鮎がくれた本の中には、こういう時の対処は何も書かれていなかった。

「困ったな」

自分は人間だから、こんな困ったことになってしまうのか。人でない眷属であれば、なんともならないのか。

丹頂に聞こうと思ったが聞けなかった。聞いたら怒られそうな気がした。

頼みの鮎は、先週から人の世界に行ったまま帰ってこない。きっと去年と同じように、正月あたりに土産持参で帰ってくるのだろう。

そうなると、雪也はあと一週間ほどこの悩みを抱えて過ごすことになる。

「どうしよう」

昨日は帯の結び方を間違えそうになった。透流が「おや？」と呟(つぶや)いたので、すぐに直して事なきを得た。今日の朝など着物の柄を間違えた。正月用の、松の刺繍の着物を取り出してしまったのだ。これには雪也も顔を青くした。
が、青い顔のまま「こちらでした」と、隣の桐箪笥(きりだんす)に入っていた雷鳥(らいちょう)が描かれた着物を引っ張り出した。

透流は「具合でも悪いのか？　人は病を患(わずら)うとすぐに死ぬ」と逆に気遣われてしまった。頼りないと思われたくないのに、着付けのあとは暇を出されて、今もこうして外を覗いて退屈を紛(まぎ)らわせている。

今までこんな失敗をしたことなどなかったのに。

「俺……やっぱり病気なのかな……」

そういえば最近、朝の寝覚めも今一つよろしくない。

妙な高揚感で目が覚めて、気がつくと下着を汚していることもある。この年で粗相をするなんて、雪也は衝撃を受けるより先に情けなくなった。

幸い布団までを汚す粗相ではなかったので、下着はこっそり洗って自分で干した。ただの粗相のはずなのに、なかなか汚れが落ちないのも困る。

神の住まう社の中で病気になったとあっては、透流の威厳にも傷が付きかねない。

雪也は、もしかしたら自分は社から出なければならないかもしれないと思って泣きたくなった。

　透流から離れて生きていける気がしない。

「雪也はいるか」

　返事をする前に、透流が障子を開けて入ってきた。

「は、はい……」

「もう元気になったか？」

　そう言いながら、透流が雪也に小さな枝を見せる。枝の先にはいくつか小さな蕾（つぼみ）が付いている。寒さから自分を守ろうとしている堅い蕾だ。

「これは、梅、ですか？」

「ああ。烏（からす）が間違えて折ってしまったと、しょんぼりしていたのでもらい受けた。社の中なら、無事花を咲かせるだろう」

「そうですね。透流様の神力がありますから」

「お前の部屋に飾ればいい」

　雪也の部屋には、鮎が持ってきてくれた本ばかりで、雅（みやび）なところは一つもない。透流はそれを気にしているのか、いや、神はそんなことは気にしないだろう。

　今は雪也の髪を弄（もてあそ）んで、耳に梅の小枝を挟んでいる。

「ここのところ調子が悪いだろう。お前は社に暮らしてはいても人の子だ。具合が悪ければすぐに俺を呼べ」

「俺は……その、大丈夫です。透流様のお世話をするのが俺の役目です。俺は元気です。丈夫にできているし、背の丈もきっとすぐに透流様を追いこします」

雪也は耳にかけられたままの梅の枝を右手で持ち、笑顔を見せた。

内心は心臓がドキドキと激しく鼓動して、透流を見ているだけでいても立ってもいられないほどだったが、必死に抑える。

「お前は俺のものなんだから、勝手に患ったりするな。いいな？」

「はい」

頬を指ですりすりと優しく撫でられて、死ぬかと思った。

彼がこんな風に雪也に触れるのはいつものことなのに、死ぬほど嬉しかった。そして、なにやら下半身がおかしなことになっていく。

腰がジンジンと痺れて、股間に熱が集まる。

「雪也、顔が赤い。少し熱があるな。誰か呼ぼう」

「大丈夫です。俺、病気じゃない……」

「だがな、雪也」

「俺……っ、……社から出されるの、いやです。だから、病気なんかじゃない」

「何を言ってる。病なら俺が簡単に癒せる。だから、ほら……、ん？」

透流の視線が、雪也の顔から下に移っていくのが分かった。

いきなり沈黙したので、不安になる。自分はどれだけ大変な病気なのだろう。

「ああ、なるほど……。すっかり忘れていたが、雪也もそういう年になったのか。人の子はいろいろと面倒だな」

「め、面倒かけて……ごめんなさい、俺……」

「まあ、お前は人の子だから、育てて行けばこういうこともあろう」

透流がその場に跪き、雪也の着物の裾を左右に開いた。

「え？　透流様、あ、あの……っ」

「大きな声を出すな。俺に見せてみろ」

「う……っ」

長襦袢と下着で覆われているが、雪也の性器はすっかり形を変えているのが分かった。

そこを透流の指先がなぞっていく。

瞬く間に下着に染みが溢れて、雪也は「ひっ」と小さな悲鳴を上げた。

「可愛い声を出す。ほら、辛いなら膝をついて俺に縋れ」

「あ、あ、あっ」

つんつんと指先で悪戯されながら、雪也は膝を震わせてその場に立ち膝になり、透流の両肩を震える手で掴む。

「俺、病気じゃないですか？　体の奥がドキドキして、透流様にもっと触れてほしいです」

「人の子としてそれは当然だ。俺が楽にしてやるから快感を享受しろ」

薄い絹の下着越しに陰茎を握られ、ゆっくりと扱かれただけで、目の前に星が飛び散った。

尾てい骨にズシリと重く響くこの現象が、快感だと初めて知る。

「あ、あ、あっ、透流様っ、あ、こんなの……俺っ、初めてで……どうしたらいいですか？」

「そのまま、可愛い声を俺に聞かせろ。気のやり方は分かるな？　人の子の本能だ」

「ひゃ、あっ、あ、ああっ！　あっ」

陰茎と陰嚢を透流の両手で甘く嬲られ、ぐっと背を仰け反らせて快感に体を震わせる。

こんな気持ちいいことがこの世にあるなんて……と「はあはあ」と荒い息を吐いたところで、体がこれ以上堪えきれずに小刻みに腰を振って果てた。

射精したあとはどこかに走って行きたいほど恥ずかしく、透流の顔を見られずに両手で顔を覆う。

「可愛らしい動きだった。すぐに果てたのは初めてだからか？　俺の手はそんなによかったか？　雪也」

「も、言わないで、ください……俺……っ、恥ずかしい……」

自分だけがこんなに息を荒くして透流に縋り付いている。

それが余計に雪也の羞恥を増長させた。体中に熱が籠もる。発散したはずの股間が、またすぐに形を変える。

「あ、だめ……透流様、見ないで……俺、だめです……」

「俺は俺のしたいようにする。ほら、ちゃんと見せろ。お前の体で俺が知らないところがあってはならん」

「だめ……っ」

「だめじゃない。俺の言うことを聞け」

それを言われると弱い。十五年間仕えてきた身だ。体が先に反応する。

「下着を下ろして、着物をまくって見せろ」

「は、はい……」

雪也は真っ赤な顔で下着を膝まで下ろし、着物の裾をたくし上げて股間を晒す。

「恥ずかしいのか？　いつも風呂で見ているだろうに」

「そ、そういう……ことじゃ……ないです」

半分皮を被った桃色の陰茎が露わになる。

羞恥と緊張で目が潤む。

裸にならない場所で裸を見せているから恥ずかしいのに、透流は分かっていない。

「眷属ならば、誰もそんな顔はしないぞ？　雪也。当たり前のように着物を脱ぎ、俺の隣に寄りそう」

この状態でそんなことは聞きたくなかった。

透流は神様で、大勢の眷属から敬愛されている。だから、透流が望めば誰もが喜んで身を差し出すのだ。

それが今、信じられないほど辛い。

下着越しに透流に弄られる前までは、「そんなもんだ」で済ませていたことが、たった今は許せなくなっている。

「そんなこと、もう……言わないで……」

「ん？　どうした？　お前のこともちゃんと可愛がってやるぞ？　人の子の身に、神のよさを教えてやる」

「だめ、です。透流様、俺……だめ……っ」

着物をたくし上げたまま、唇を噛んで俯いたら、ぼろぼろと涙が零れ落ちた。

落ちた涙を見て余計に悲しくなる。喉の奥が詰まって苦しい。

体の中がジンジンと疼いて透流の指を待っているのに、心がそれじゃ嫌だと首を左右に振る。

「雪也……」

透流の声が、いつも自分を呼ぶ声と違う。困っているのが分かった。そして、肌に触れていた指先の動きが徐々に止まった。

「ごめんなさいっ……俺が悪いんです。透流様は悪くない。俺が……だめなんです。悪いんですっ」

「お前がこんなに泣くなんて、赤子の時以来だ。どうした？　俺に触られたくないのか？」

違うの、透流様。触るなら俺だけにしてほしい。

雪也は首を左右に振って涙を零す。

「俺は、きっと、欲張りなんです。もっともっと、ほしくなる。俺の世界は透流様だから、だから、他のものは何もほしくない……他の誰かの話なんて、知りたくないっ」

自分が社の中で一番若く、みながいろんなことを大目にみてくれている。だがこんな我儘は通用しないだろう。透流を独り占めしたいなど。

相手は日本中から参拝客が来る神様なのだ。

「なるほどな」

透流が小さく笑い、雪也に顔を寄せる。

舌で涙を掬い取られて「あ」と気の抜けた声が出た。

「透流、様……っ」

「その感情、俺は久しく忘れていた。胸の奥がこそばゆい」

舌で涙を拭われていると思ったら、唇まで舐められた。

「は、ぁ」

思わず開いてしまった口の中に、透流の舌が滑り込んでくる。

透流に、両手で両耳を塞がれながら頭を掴まれると、口の中で舌が絡まるいやらしい音が何倍にもなって広がった。

「んっ、んっ、んんんっ、んーっ！」

こんなふうに口の中を弄られて、温かくて、柔らかい透流様の舌が、俺の舌に絡んでっ！

逃げようにも逃げられない状態で、ひたすら口の中を弄ばれて、快感で涙が出てきた。

そして、初めての愛撫で精を滴らせたばかりの桃色の陰茎は、瞬く間に硬く勃起し、半分皮を被ったまま、鈴口から先走りを溢れさせる。

頭の中が快感で真っ白になり、腰が震えて崩れ落ちそうになった。

「ふ、ぁ、あっ、んんっ」

よすぎて涙が出る。

たまらない。早く陰茎に触れてほしい。さっきみたいに気持ちよくしてほしいと、思わず腰を揺らした。

「お前に触れる初めての指が俺でよかったと思え。俺に何をされても、お前は清いままだ」

ようやく唇を離してくれた透流が、目を細めてとても嬉しそうに笑う。

彼の手で帯を解かれ、そのまま乱暴に押し倒された。その拍子に着物がはだけて、とろとろになった下半身が露わになる。

髪と同じように陰毛は黒いが、まだまばらにしか生えていない。それを左手で摘まんでそっと引っ張った。

「少し前までここには何も生えていなかったのに。……お前の柔らかな丸い頬も、蝋のように滑りのいい腹も、子鹿のような足も、成長して変化していくのだな」

「は、ぁ……」

足を大きく左右に広げられ、褒めるように頭を撫でられる。

透流の指が雪也の体を丁寧になぞり、特に、すでに興奮して膨らんでいた乳首を念入りに嬲っていく。

「あっ、あああっ、そこ、だめ、俺……なんか、変です……っ、透流様、も、だめ……っ」

「そんなに可愛い声を出されたら、嬲ってやらないわけにはいかないな」

両方の胸を乳輪ごと摘まれ、引っ張られる。そして乳頭を指の腹でくりくりと弄り回されたら、背筋に快感の電流が走った。

「あ、あっ、も、だめっ、なんで、俺っ、透流様っ、そこだめですっ！　俺、おかしくなっちゃう！　おかしくなっちゃうよっ！　乳首っ、気持ちよくてだめっ、あ、あ、あああっ！」

ぐっと背筋を反らして悲鳴を上げても、透流は「可愛いな」と言って雪也の喉を舐めるだけだ。やめようとする気配はまったくない。

「はっ、ぅう、うっ、んんっ、んぅっ」

触れられないまま痛いくらい勃起している陰茎は先走りを溢れさせて、雪也の動きに合わせてひくひくと震えた。

「感極まってはしたない声だ。雪也は可愛いな」

「ごめんな、さいっ、もうだめ、だめなの、透流様……っ、俺、どうしたらいい？　分かんないっ、どうしたらいいの？」

「一度、気をやっておくか。その方が、人の子は長く楽しめる」

ずっと乳首だけを苛んでいた指が、今度は股間を弄り出す。

皮を被った部分を剥き出しにしようと、透流の指が先端から根本へと扱いていく。それを何度か繰り返されると、雪也の陰茎は綺麗に皮が剥けた。

「ひゃ、あっ、あああっ、あ、あ、あああっ！」

先走りと精液で濡れた陰茎を扱かれ、敏感な亀頭を撫で摩られて、興奮して持ち上がっていた陰嚢を優しく揉まれた。

二カ所を同時に愛撫されて、伸ばした両脚の内股に力が入る。

雪也は「出る」「もうだめ」と声を震わせて、小刻みに腰を揺らしながら二度目の射精をした。一度目よりも多い量で胸まで精液で汚した雪也は、はあはあと荒い息を吐いて涙目で透流を見上げる。

透流の、黒く艶やかな目が赤く滲んだ。

「ああ、ずいぶんと久し振りに、太古の土地神らしい感情がわき上がってきた。雪也、お前は俺の心を揺さぶる」

透流が、雪也の耳元に「お前は初めて見つけた時と同じだ」と嬉しそうに囁く。

「お前は、身も心も俺のものだ。分かっているな？」

「俺は……透流様のものです。だから……あの、もっと……俺を好きにしてください。透流様に、いっぱい、触られたい。俺がちゃんと……お世話、しますから……っ」

雪也は両手を伸ばして透流の背に縋る。

「俺の手の中でもっと乱れろ」

耳を甘噛みされて「ひゃ」と変な声が出た。

それと同時に、透流の両手の指が尻に回って、そこを左右に押し開いて後孔を撫でていく。

汗と精液でしっとりしていた場所に、指が一本、二本と順番に入ってくる。

痛みよりも恐怖が勝り、体が強ばっていくが、透流の口づけで雪也はすぐに柔らかくなった。

気持ちのいい口づけに安堵した雪也に、ほんの少しだけ余裕が生まれた。

そして、自分の太腿に押しつけられている透流の昂ぶりを知る。

「俺だけ、こんな、気持ちよくなるなんて……だめです。透流様、どうか」

雪也はどうにかしてそこに触れようと体を動かそうとするが、透流が許してくれない。

「愉悦を知ったばかりの人の子が何をする」

逆に低く笑われて、雪也は恥ずかしくて涙が出そうになった。

「初めてなのだから何もせず、俺に任せておけばいい」

　そしてまた、後孔を嬲られながら口づけをされる。

「透流様……透流様……、も、俺、……怖くないですから、俺を好きに使ってください。俺だけを使って。他の誰も使わないで」

「健気なことを言う」

　透流が困惑した表情で小さく笑うのが見えた。

　初めて見る表情かもしれない。そんなに自分は彼を困らせているのだろうか。

「ごめんなさい……俺、透流様のお世話がしたいです……」

「謝るな。好きなだけ俺の世話をしろ」

　指で広げられた後孔に、透流の陰茎が挿入される。

「あ、あ……っ」

　ゆっくりと時間をかけて、雪也の中にすべて収まった。

　圧迫感のある熱い塊が内臓を押し上げて苦しい。

　けれどそれ以上に、透流と一つになることができて嬉しい。

「んっ。俺っ、どうしていいのか、分からないのですが……っ、どんな、奉仕をしたらいいですか……っ？」

「お前は何もしなくていい」

「あっ、ぁ……っ、でもっ、それだと……」

「黙って、俺の背にしがみついていろ」

「……は……はい……っ」

透流に腰を掴まれて揺さぶられる。

苦痛がないのは彼が神様だからなのだろうと、雪也はそう判断した。そうでなければ、あんなずっしりとしたものが自分の腹の中に収まるはずがない。

神様は人の子のいい場所も心得ているようで、突き上げられてすぐに感じてしまった。陰茎も勃ち上がって、下腹がきゅっと切なくなる。

ああ、自分は透流にこうされたかったのだと、分かった途端に、喩えようのない多幸感に包まれた。

何度も透流の名を口にして、しがみつき、泣きながら口づけをねだった。

俺だけに奉仕させてくれと何度も願って、そのたびに口づけられて頭が真っ白になる。どうしても答えをくれない。

それでも今は、透流に体の中まで快感に染められて、気持ちよすぎて泣いた。しゃくり上げながら、彼に必死にしがみついた。

「ああもう。お前を離せなくなったらどうしてくれる」

透流の声がとても嬉しそうに聞こえた。

雪也は目を閉じて必死にしがみついていたので、透流がどんな顔をしていたのか分からなかった。


「ただいま戻(もど)りました」

戻って来るのは新年が明けてからだと思っていた鮎が、大晦日(おおみそか)に帰ってきた。彼は笑顔で透流と向き合うと、「いいお茶が手に入ったんです」と言って、新しい茶葉で茶を淹(い)れる。社の中に持ち込めるのだから、もちろん奉納された物だ。

「珍しいな、鮎」

「いろいろとありまして。……おや？　雪也はどこへ？」

「あれはもう布団の中だ。先に入って温めておくのだと」

鮎がじっと透流を見つめ、「俺のいない間に楽しいことが起きましたね」と笑う。

この魚は、なかなか鋭い。

透流は「雪也がな」と言って、そこでため息をついた。

「どうしてため息ですか」

「いや、あまりに健気で可愛らしくて……俺は昔の自分を思い出した」

「はい？」

鮎は目を丸くして、目の前の主人を見つめた。

「鎮まる間も惜しんで人の子の願いを叶えていた頃、かな。人の世界に気持ちいいほど己を割り込ませていたな。実に、人間くさい神だった」

「……俺は、あの頃の透流様がとても好きでした」

鮎は「もちろん今の透流様も好きです」と付け足して、茶を飲む。

「媚びを売るな。気色悪い」

透流はしかめっ面で茶を飲んだ。香りと味を楽しんでから「旨い」と感想を漏らす。

「雪也はこのまま、透流様の傍に置くんですよね？」

「いや、それは無理だ」

「どういうことでしょう、我らの主人様」

鮎が頬を引きつらせて迫り、彼の背後から数多の魚影が姿を見せる。

魚影はパクパクと口を動かし「あの子をどこに追いやるのですか？」とざわめいた。

「雪也を疎んじているからではない。むしろ逆だ」

「お話を聞きましょう」

「人の子が大人になるための通過儀礼だと思ったのだ。己を慰める方法を教え、俺が昂ぶりを静めてやる。ただ一度、それでいいと思ったんだ。だが違った。雪也がな、自分以外に触れてくれるなと、そう言ったのだ。俺は、望めばどの眷属も夜伽の相手になるというのに」

透流は切れ長の目で鮎を見つめてニヤリと笑い、鮎は鮎で驚きのあまり瞬いた。

「これはまあ、なんと！　人の子とは突飛なことを考えるものですね」

「それがな、俺はいやではなかったのだ。むしろ愛しい、いじらしいと思った」

たとえ呼ばれたとしても、自分が拾い上げた命だから自分のものにしたかった。

人として寿命が尽きるまで可愛がってやればそれでいいと思っていた。

「だが、雪也はそれで本当に幸せなのだろうか。人の子は人の世界で生きた方がいいのではないか。雪也は俺のものだ。それは分かっている。なのに……なんなのだ、この迷いは。この俺が、こんなことを考えるとは」

十五年も社の中で暮らしていて、今更人の世界で生きていけるかと問われたら、それは分からない。ただ、若いうちの方が順応するだろう。それに人の世界には眷属もいる。雪也に何かあったら手助けはできる。

一度そんなことを考えてしまったら、頭の中から消し去ることはできない。

透流は、「俺は神としてもう少し冷静だと思っていたんだがな」と己を振り返ってため息をついた。

「あの、お言葉ですが透流様。雪也を人の世界に戻すとして、ここでの記憶はどうします？　記憶があるままでは、雪也も辛いと思います」

「俺のことは忘れてほしくないんだが」

「それは、お言葉ではありますが……少々都合がいいのでは？」

「まったくだ」

　鮎のしょっぱい表情に、透流は真顔で頷く。

「だが、今すぐというわけではない。俺の……人の子風に言うと、心の準備ができていないからな。それに、やはりやめるかもしれない」

「……雪也の気持ちもありますからね。あの子がここにずっといたいと言えば、それで終わる話ですよね？　透流様」

「いや、一つの世界しか知らないよりも二つの世界を知って、そこから選ばせたい」

　人間はよく後悔をしているから、雪也は後悔などせずに済むように。

　そう思ってのことだが、鮎はさっきから納得いかない顔をしている。

「神様って面倒臭いですね」

「お前、不敬という言葉を知っているか？」

「知ってますが、その、この件に関しては、俺がちょくちょく出向いている人間の方がよく分かっている気がします」

「俺と人間を一緒にするな」

「だから、俺も困っています。透流様は、もう少し俗っぽくても大丈夫ではないかと」

まさに困った顔で言われて、透流は「むっ」と口を閉ざす。

悪縁切りの神社であるから、俗っぽい方が楽しいだろう。

だが、それとこれとは話が別だ。いじらしい雪也を大事に思うからこそ「二つの世界から選択する権利」を与えたい。いわば、人の子の命を拾い上げた透流の使命のようなものだ。そこに俗っぽさは微塵もない。

「あの、透流様。もしよかったら、透流様も人の世界を直に見てみませんか？　文明の利器で満ち溢れた世界でも、みな昔と変わらず恋愛や仕事、人との付き合いに悩み、考え、失敗したり解決したりしています。今の世の中は、なかなか面白いですよ。あなたも退屈しなくてすむと思うんですが」

「今は気が乗らない。そのうちにな」

「そうですか」

鮎はふうと一息ついて、冷めたお茶で喉を潤した。

「俺の動揺振りが伝わったか？　鮎」

透流は「新しいお茶がいい」と言って、鮎に湯飲みを戻す。

「ええ。……もしかして丹頂も驚いているんじゃないですか？」

「どうだろう。あいつは何も言わん。ただ、気づいてはいそうだ」

鮎は小さく頷きながら、新しい湯飲みにお茶を入れて、透流に差し出した。

「まだ雪也には言うなよ？　いいな？」

「言いません。言ったらきっと泣きますよ。しかし……あんなに懐いている雪也を外に出してもいいと考えているなんて、あなたという主人は……」

透流は、じっと自分を見つめている鮎を無視して、新しいお茶を飲んで「二杯目も旨いな」と言った。

「人の子が、神と最後まで暮らし続けた話は聞かん。今はよくてもいずれは外の世界に憧れる。一度は行ってみたいと思うようになる。やがて願いは呪いに変わる。どうして外に出してくれなかったと、口から呪詛を吐き出していく。人の子とはそういうものだ。しかも雪也は、お前が書物を与えている。好奇心の種は充分まかれた。命が終わりに近づくにつれ、どうして人の世界に行かなかったのだろうと後悔することになる」

戯れに人の子を欲しがる神は多い。

そうして神に愛され囚われた人の子が、泣き崩れるのを見てきた。

後悔と呪詛に固められて信仰を失う神も見てきた。どちらも哀れだ。

そして透流の行いも、数多の神の好奇の一つとなって見つめられていることだろう。神には「見えて」しまうのだから仕方がない。

「あの子は選びませんよ。最初から透流様の傍にいると決めている。だから、眷属の誰一人として、『お前は人の世界を選ぶこともできるのだぞ』と言わないんです」

「俺の傍にいるしか生きる術がなかったからだ。選べるならば、目の前に幾つもの選択肢を与えてやるのが、雪也の命を拾い上げた俺の役目だ」

そう言って、透流はもう一口お茶を飲んだ。

鮎はなんとも言えない悔しそうな表情を浮かべている。

「選ぶのは雪也だ。俺ではない」

「……選択肢とは言いますが、本当にあなたは……面倒臭い」

「不敬だな。面と向かって俺に言うか」

「人の子の方が素直、とでも言い直しましょうか」

「お前は人の世界に行きすぎて、思考が人の子寄りになっておらんか？　鮎」

すると鮎は「俺はあなたの眷属。透流様は俺の主人です」と笑顔で言う。

なかなか小憎らしい。

透流は首を左右に振って、小さく鼻で笑った。

あれから四年経って、雪也は十九歳になった。

社にある書籍は何度も読み返して、計算は丹頂に習って完璧だ。身長もすっかり伸びて、今は百七十五センチになった。まだ透流の背を越せない。

真っ黒い髪は、「清潔感が大事だ」と眷属に切られて相変わらず短い。

姿勢正しく凛（りん）とした青年へと成長したと、眷属たちはみなで「雪也は私が育てた」とこっそり隠れて胸を張っている。

そして今も神の傍で神のお世話をしている。

裾に鷹（たか）が描かれた着物は、歩きやすいようにお端折（はしょ）りを多めにとって、脛（すね）が見えるほど短くしている。帯は銀糸で、締めやすいように片蝶々結（かたちょうちょうむす）びにアレンジしていた。

「おはようございます、透流様」

すっかり声変わりの済んだ落ち着いた声が、透流の部屋に涼やかに響いた。

「……もう少し静かに起こせないのか？　雪也。傍に来て囁け」

「すみません。ですが丹頂さんが、今朝から忙しくなるから早く透流様を呼びに行けと」

「あー………」

透流は、雪也が物心ついた時から姿形はまったく変わっていない。

白く輝き、末端が炎のような赤い色をした髪も、切れ長の目も、薄い唇も、白い肌も、何もかもが美しい。

寝起きは髪がもしゃもしゃで面白いことになっているが、それはそれで親しみやすいと雪也は思っている。

「透流様」

「…………雪也、こっちに来い」

「はい」

布団の中から手招きされて、雪也はためらいなく透流の傍に行く。

「なんでしょう?」と尋ねる前に布団の中に引きずり込まれ、透流に組み敷かれた。

「透流様……、遊んでいないで布団から出ましょう。今日はいつにも増して良縁を求める女性たちが押し寄せるそうですよ? 鮎さんが言ってました」

「急がなくてもいい。どうせ今日は雨で、ここに到着するのは遅れるだろう。それよりも俺は、雪也の可愛い声を聞きたい」

透流の掌(てのひら)に太腿を撫で上げられて、雪也は「んっ」と小さな声を上げる。

「こんな時間から致してもいいのですか?」

「主人の俺が許すのだから構わない。ほら、雪也、足を開け」

引きしまった太腿を撫で摩られた雪也は「はい」と返事をし、顔を赤くしながら足を開いた。

十五で初めて透流のものになって以来、たびたびこうして可愛がってもらっている。

散々お願いしたお陰か、透流の相手は今では雪也一人となった。

眷属は、透流が納得して雪也一人を房事の相手に決めたら何も言わない。最後まで「俺一人にしてください」とぐずぐず我が儘を言っていた雪也のことは、「まったく人の子は」ぐらいにしか思っていなかった。

「は、ぁ……っ、んんっ　あ、あ……っ、透流様……っ」

着物をたくし上げられ、すでに勃起している陰茎をゆるゆると扱かれる。

十五歳の頃は半分皮を被っていた桃色の陰茎も、透流に毎回剥かれ続けて、今では亀頭部まですっかり露出しているが、色味はあまり変わらず少し赤みが増したくらいだ。

「ずいぶん敏感になったな。少し扱いてやっただけで、もうとろとろになってる」

「着物、脱がせて、ください……汚れてしまう……っ」

「まだだめだ。このまま、俺に可愛がられていろ。声も耐えるな。お前の低く掠れた声は、聞いていていて心地いい」

呼吸をしようと開いた唇に、透流の唇が押し当てられてた。侵入してきた舌を優しく吸って、自分の舌を絡めて行く。

口腔を掻き回されるのも、上あごを舐められるのもたまらない。心地よくて頭の中が快感で滲んでいく。飲み下せない唾液が唇の端から伝い落ちるが、口づけに夢中で気づけない。

「ふ、ぁ、あ、あ、あ、あ……っ、んんんんっ！　んっ！」

陰茎を扱いていた指に陰嚢を転がすように優しく揉まれて腰が浮いた。ここを透流に悪戯されると、雪也はよすぎて勝手に腰を振った。

子供の頃と違ってずいぶん行儀よく物静かになったもの、と眷属たちに褒められるようになったが、「この時だけ」は、はしたない声を上げてしまう。恥ずかしくてたまらない。

「こっちも、好きだろう？　ここを押してやると、雪也はよすぎて泣きながら俺に縋る」

透流の口づけが耳に移動し、耳朶を甘噛みされた。それだけでも快感で震えてしまうのに、陰嚢の下、会陰を指で強く押されると、快感で情けない声が出た。

「く……っ、そこ、ばっかり……だめ、そこは、だめです……っ……俺、だめ……っ」

「だめだ。ここで気持ちよくなって気をやるんだ。今朝は時間がないからな」

透流はたまに、こんな風に意地悪くなる。

神様がこんなことでいいのかと思ったりもするが、自分を呼ぶ声がとても優しくて気持ちがいいので少しの意地悪なら我慢する。

それに、透流がこういうことをするのは自分だけなのだと知っていて、逆に優越感を感じる。

自分の相手は神様で、決して独り占めはできないが、それでも、こうして布団の中で気持ちのいいことをしている間は、透流は雪也のものだ。

「雪也。ほら、気をやるところを俺に見せろ」

「え？　やだ、こんな早くっ、や、ああっ！　ああああっ！」

何度も何度も透流の指で優しく苛められ続けたそこは、敏感な性感帯として雪也の体を責め立てた。

会陰をグイグイと押されて、両脚の内股がぴんと引きつる。

快感が電流のように背筋を駆け上がっていくのが分かった。射精ではない絶頂はいつまでも余韻が残って、少し触れられただけで再び絶頂へと連れ戻される。

「はっ、ぁ……っ」

いつもならもう貫かれて揺さぶられているのに、今朝はそれがなくて、後孔がものたりない。

「透流、様……」

「どうした？　雪也」

「なんでもありません。大丈夫です。俺、すぐ出ますね……」

自分から「もっとしてくれ」とねだれない。そんなはしたないことできない。

雪也は真っ赤な顔で首を左右に振って、布団から出ようとしたが、頭を出したところで腰を掴まれ、再び引きずり込まれた。

「ねだればいいものを。俺がほしいと、なぜねだらない？」

「あ！」

俯せで布団の中に連れ込まれたと思ったら、後孔に透流の昂ぶりが押し当てられる。

「そんな……っ、透流様……っ」

先走りでねっとりと濡らされた場所に押し入り、慎重に中に入ってくる。腹の中が透流で満たされていく感覚だけで、雪也は軽く達した。

荒波のような快感に晒されたまま、透流が少し動くたびにびくびくと体を震わせて絶頂を極める。

「も、ほんと、だめ、俺、さっきから……何度も、達してます」

「分かっている。可愛らしく震えているな」

透流が低く笑い、雪也は恥ずかしくて顔を布団に押しつける。

この状態では自分はもう動くことができず、透流に深々と貫かれるだけだ。最初は怖かったが、最近は奥をノックするように突かれると、そこだけで延々と深く感じるようになった。

射精とも前立腺の刺激とも違う快感は、雪也の体に徐々に染みこんでいく。

「これ以上は、もう……尻は、俺、だめ、苛めないで、奥、だめです、だめ」

「我慢できないのか？　雪也」

「ごめんなさい、俺、もう無理です、俺、おかしくなる、ごめんなさい」

謝罪の言葉を口にすると、透流に一層激しく突き上げられた。脳天まで衝撃を受けて絶頂する。耐えられずに涙が溢れた。

「充分可愛い顔を見せてもらった」

揺さぶるようにして感じる場所を突き上げられる。

「あ、あ、あ、だめ、そこだめ、透流様、だめなのにっ、いや、あ、そんな苛められたらっ、もっ、あああああっ、イ、イく、イく、イくっ」

体を押さえつけられ、身動きできない状態での強引な連続絶頂。

こんな風に求められるのは滅多(めった)になくて、雪也は快感に浸(ひた)りながら逆に不安になる。

神の気持ちを探るなんてことはできないが、それでも、今の透流はとても荒々しい。

「透流、様……っ、透流様……、いっぱい、気持ちよくしてもらえて、俺、嬉しいのに……」

「どうした？　こんな風にお前を求める俺はおかしいか？　ん？　余計なことなど考えられなくしてやろうな。いい声で喘(あえ)げ」

いい場所ばかりを甘く強く責め立てられる。

押さえつけて揺さぶられ、苦しいのに気持ちよくて泣いてしまう。

雪也はもう声さえ上げられず、掠れた悲鳴を上げて絶頂しながら失禁した。失禁しているのに腰が痺れるほど気持ちよくてたまらない。

その恥ずかしい姿を透流に見られて、「雪也は可愛らしい」と囁かれる。

その声だけでまた達してしまった。

「頑張ったな雪也。もう終わりだ。湯浴みをして着物を着替えろ。丹頂に文句を言われたら俺のせいだと言っておけ」

「…………動けません」

「ん？」

雪也は涙目で透流を見上げ、もう一度「動けません」と言った。

最高に気持ちよくて、何より透流に喜んでもらえた。ただ、過度の快感で体中が喜びに震え、少々言うことを聞かなくなってしまった。

「俺と一緒に体を清めるぞ？　いいな？」

「は、はい」

結局雪也は、透流に抱き上げられて風呂に入り直し、ずいぶん遅れて朝食の席についた。

「入るよ、雪也」

鮎が生姜湯（しょうがゆ）の入った湯飲みを盆に載せて、部屋に入ってきた。

雪也は今、腰回りに眷属の狐たちを侍（はべ）らせて温まっている。

「おお、豪華な暖房だな。ほれ、これをお飲み」

「ありがとうございます、鮎さん。狐の毛皮は最高にあったかい」

両手で湯飲みを受け取って、早速「ふーふー」と息を吹きかけながら一口飲んだ。

「どう？」

「美味しい。体にじんわり浸みていく」

「だろう？　今は体を温めてゆっくりしてなさいね」

「はい。でもきっと夕方には元気になります。いつもそうです。その、神様に奉仕しているので、いや、俺は奉仕とかそういうのは、あまり考えたことはないんですが、一応。それで、疲れても元気になれます」

何を言っているのか分からなくなって、顔が赤くなったり冷や汗が垂れる。

「まあうん。言いたいことは分かるよ。透流様は、丹頂に見守られてがっつり仕事をしている。女性たちの良縁結びのお願いは貪欲らしい」

縁とか彼氏とか結婚なんてピンとこない。

どちらにせよ自分は、ここで生涯透流のお世話をして暮らすのだ。

「凄いな透流様は。縁を切ったり結んだりする。人の未来を作って行くのか」

「……雪也は、人の世界に行ってみたいと思う？」

鮎の問いかけに、雪也は瞬きをしてから「ちょっと遊びに行くぐらいなら」と答えて笑う。

「だよな。普通はそうだよな……」

「どうかしたんですか？　鮎さん」

「なんでもない」

　鮎は雪也の頭を優しく撫でて、力なく笑った。


　すっかり元気になって、明日からの透流が着る着物と帯をいろいろと選んでいた雪也は、丹頂に呼ばれて透流の部屋に向かった。

　そこには鮎も一緒にいて、いつものようにのんびりお茶を飲んでいるように見えた。

「――え？」

　鮎にもらった本に書いてあった言葉がある。

「何を言っているのか分からないんですが」

　青天の霹靂(へきれき)、だ。

　透流が何を言っているのか聞こえてこない。

　真剣な顔で言っているのに、少しも意味が理解できない。

「俺……よく分かりません……。あの。まだ着物の整理が終わってないので、あとでいいですか？」

　とにかく、この場にいたくなかった。

なのに。

透流が柏手を打った途端に、言葉がするすると頭の中に入って行く。

「雪也、お前は一度、人の世界で暮らしてみなさい」

「なんでですか?」

雪也が透流の言葉を疑問に思ったことなんて、今まで一度もなかった。

「俺はここでずっと暮らすって決めています。寿命が尽きるまで透流様のお世話をすると決めているのに、どうして?」

冷や汗が垂れる。

体が足元からじわじわと重くなって、思うように動かない。

「俺がそうした方がいいと思ったからだ。お前はこちらの世界はよく知っているが、人の世界は知らない。だから、しばらく人の世界で暮らせ」

「それは……何日ぐらい、ですか? 俺は透流様のお世話が……」

「そうだな、まずは一年は暮らしてみるといい」

「一年……? いやですっ!」

拒否する言葉が口からするりと出た。

透流の言葉を拒否したことなど一度もなかった。だが今は別だ。どうして、今更、わざわざ人の世界に行かなければならないのか、理解できない。

雪也は「いやです。絶対にいやです」と何度も繰り返し、首を左右に振った。

「お前のためだ。人の世界も知っておけ。そのあとで、どちらで暮らすか決めればいい」

「そんなの、人の世界を見なくても分かっています。俺はこっちで暮らしたい」

「頑固だなお前は……。俺が、そうしろと言っている」

暢気に腕組みしているが、透流の言葉が重く体にのし掛かる。

「……透流様は、もう俺がいらないのですね。だったら最初からそう言ってください。雪也はもういらないから、人の世界に行ってしまえと。そうしていただければ俺も気持ちを整理できます」

みるみるうちに目に涙がたまっていく。

唇を噛みしめて嗚咽（おえつ）を堪えたら、ポロポロと涙の粒が頬を流れた。

「だから、そうではない。お前がいらないから言っているのではない。これでも俺は、四年悩んだ。神が四年も悩んだんだぞ？」

「……そんな前から、俺をここから追い出そうとしていたんですか？」

「雪也、お前は俺を信じないのか？　お前の命を拾い上げ、育てた俺を信じないのか？」

すると透流の背後にゆらゆらと影が湧（わ）き、「雪也を実際育てたのは私たちで、透流様はちょっかいをかけていただけですぅ」と小さな眷属たちが訂正を入れてきた。

「ええい、みなうるさい。分かっている。ご苦労だったなお前たち」

背後の影は、「恐悦至極に存じますぅ」と言って透流の影に混ざった。

「話がずれた。雪也、お前は私を信じないのか？」

「信じています。俺の世界は透流様だから」

「ならば」

「いやです。俺の世界は透流様でできているのに、そこから離されたら……俺は死にます」

「人の世で野垂れ死にだと？　そんなことをしたら、俺はお前の魂など絶対に救わんぞ！」

「どうしてそんなことを言うんですか！　俺、絶対に死にませんから！」

「よし。だったら人の世界に行ってこい。特別に鮎をつけてやる」

雪也は「俺の話を聞いてくださいっ！」と大声で喚いて泣き出した。

そこには、物静かな十九歳の青年の姿はどこにもなかった。

気持ちは分かるが、これではまるで小さな子供だ。分別が見えない。

「いやだ。俺はこんなの絶対にいやだっ！　ここで暮らすって、死ぬまでずっと透流様の傍にいると決めてるのに、透流様は酷い！」

「とにかく落ち着こう、雪也。旅行だと思って、人の世界を見てみようよ」

鮎が困惑した表情で雪也を宥める。

隣の丹頂も「今生の別れでもないんですから」と言った。

「そうじゃないんですっ！　俺が世界を選ぶとかどうでもいいんですっ！　透流様に必要とさ

れたかった！　毎日、俺がいなければ困ると言ってほしかったっ！　でも………、そうじゃなかった……」

　涙を流した分だけ、気持ちが奈落に落ちていくような気がする。ぽっかりと空いた暗い穴に落とされて、這い上がろうと喘いでもずり落ちていく。そんな感覚。

「幼子のように拗ねるな」

「神様なんだから人の願いを叶えてくれてもいいのに……」

「おいこら雪也」

「………………行きます。人の世界でもどこへでも。戻って来なくてもいいんですよね？　四年も前から俺を外に出すことを考えていたんですもんね」

　ボロボロ零れる涙を手の甲で適当に拭って、力の抜けた声で宣言すると、雪也は「失礼します」と言って透流の部屋から出た。

「あんなに駄々を捏ねるとは思わなかった。驚いた」

　意外だったと感想を漏らす透流に、鮎と丹頂の微妙な視線が突き刺さる。

「なんだ二人とも。言いたいことがあるなら言え」

「透流様は、言葉が足りません……」

　丹頂が右手で目元を押さえ、深く長いため息をつく。

「雪也を人の世界に連れて行くよりも、むしろ透流様を連れて行った方がいいかもしれないと思ってしまいました」

　鮎もまた、長いため息をついた。

「なんだろうな。これだけ不敬を働かれると逆に清々しい。だがそれ以上の暴言は許さんぞ。それになんだ。この俺を人の世界に置くだと？　ここを留守にできるか！」

「しかし、雪也がやってきてからというもの、年に一度の出雲への旅はなくなりましたね。各地から集まってこられるみなさま、お元気でしょうか……」

　丹頂が遠い目をして独りごちる。

「雪也が可愛くて、出かけられなかったんですよね」

　鮎はそう言ってから、丹頂と顔を合わせて「ねえ」と頷きあう。

「うるさい黙れ。そして下がれ。雪也は人の世界へ行かせる。お前たちに任せた」

　透流は彼らに背を向け、座布団を枕にごろりと横になる。

　俺の言葉を素直に理解しない雪也が悪い。大事に思っていなければ、褥の中に引きずり込むものか。なぜに俺の気持ちが伝わらない？　神をここまで悩ませていいと思っているのか。

　頭の中は、雪也のことでいっぱいだった。

「ひとまず、俺の知り合いのところで働いてみよう」

人の世界へ行くのなら、人らしく暮らそうとのことで、鮎がそう提案した。

「働く……？　奉仕のことですか？」

「金銭が発生する。金の使い方も知っておくといいかもしれない。住まいは俺のアパートだ。あとは……着るものかな？　少し大きいけど、俺の服を着てて。向こうに行ったら適当に見繕（みつくろ）う」

「……ここから持って行く物は、何もないということですか？」

鮎のお下がりを手渡されて、雪也は急に不安になった。

「いいや。雪也が持って行きたい物は持って行っていいよ？　ただ、大量には無理だ。一つか二つ、ぐらいがいいんじゃないかな」

「着物は……無理ですか？　着物が邪魔になってしまうなら、俺は持って行く物は何もありません。身一つでここから出ます」

雪也の着物は、すべて透流が反物を選んだ。雪也の黒髪や少し白い肌の色に合うようにと吟味してくれた物ばかりだ。

「一着ならいいと思うよ。お気に入りを持って行こうか」

「はい。…………ありがとう、鮎さん。さっさと荷物を作って人の世界に行きましょう。透流様は、俺のいない寂しさを味わえばいいんです。……でも、神様って寂しいって思うんでしょうか」

「どうだろうねえ」

鮎は何も言わない。

雪也もそれ以上尋ねない。透流のことをあれこれと話し出したら、また涙が溢れて社から出て行けなくなる。

一年も出て行けなんて言われるとは思わなかった。

「まあ、大事はないでしょう。人の世界にも透流様の眷属は大勢暮らしています。雪也が働く場所など眷属だらけですよ」

丹頂が「はい、お餞別（せんべつ）」と言って、雪也に手袋をくれた。眷属の子狐たちが妖術でこしらえた物らしい。フワフワと触り心地がよくて、いい匂いがする。

「人目を気にせずに済むので、夜のうちに発（た）ちます」

「そうですね。こういうことは、早いうちがいい。首尾よくやってください」

「了解です。さて雪也は俺の服に着替えてしまおうか。それから着物を持ってここを出よう」

「はい」

人の世界の服は初めて着る。

これからしばらくはこういうものを着て過ごすのか。

雪也は、帯を解いて着物と長襦袢を脱ぐと、素肌にセーターを羽織ろうとして「あ、待って待って」と鮎に止められる。

「それ、一枚で着るものじゃない。まずはこっちの長袖インナーを着て、その上からセーターね。下着はこれを穿く。それから、このジーンズ。靴下はこれ」

「身に着ける物が……多すぎやしませんか？」

「そんなことないよ。はい、着て」

言われた通りに着ていくが、丹頂が「なかなか似合っているのでは？」と言ってくれたので少し安心する。

初めて着たものを透流に見てもらえないのは寂しいが、今はそんなことを言ってられる場合じゃない。

雪也は唇をきゅっと噛んで、セーターの袖で目尻を擦った。


深夜の境内はとても静かで、空は雲に覆われて月さえ見えない。

雪也は生まれて初めて履いた靴で歩き回り、ふと空を見上げた。

ぱらぱらと雫が落ちてくる。

「……え？　これが雨？」

顔を上げると、額や頬に小さな水の粒が当たって弾ける。冷たい。

いつも社の中から見ているだけで、触れたことは一度もなかった。

小さな水の粒が顔に当たる不思議な感触。

風呂や、顔を洗う時とはまったく違う。

驚きを隠せずにいる雪也の横で、鮎が「深夜の天気予報なんて当たっても嬉しくない」と言った。

「駅まで急ごう。冬の雨は冷たい。濡れたら、人の子は風邪を引く」

「え？　……あ、はい」

自分が濡れるのは構わないが、せっかく持ってきた着物が濡れてしまうのはいやだ。

雪也は鮎に手を引かれ、歩き出す。

そして、鳥居を潜り抜けたところで奇妙な違和感を感じて振り返った。

「今、なんか変な感じがした！」

「鳥居の向こうは透流様の結界だから。こっち側は違うよ。ここが人の世界だ。雪也は今、人の世界に立っている」

鮎の言葉に、雪也は目を丸くした。

人の世界にはこんなにも簡単に辿り着けるのか。

「社の中から覗いていた通りのところだ。呼吸もできる。歩ける。おまけに雨まで降ってる」

神社を振り返ったまま、雪也は言った。

誰もいない。

透流が見送ってくれると思っていた少し前の自分を、殴り倒したい気分になる。

「行きましょう、鮎さん。俺……人の世界で頑張ります。もしかしたら、こっちの世界を選ぶかもしれません」

「まあ、そう肩肘(かたひじ)張らずに行こう。分からないことはなんでも俺に聞いてくれればいいよ」

「はい」

子狐のくれた手袋が温かい。社の中のいい匂いがする。

雪也はきびすを返して前を向くと、鮎に遅れないよう歩き出した。

生まれて初めて電車に乗った。とんでもない衝撃だった。座っているだけで勝手に動くなんて信じられない。

車も初めて見た。止まっている物なら社から覗いて何度か見たことはあるが、こんなにスピードを出して動いているところは初めてだ。

そして、殆どの人間は着物を着ていない。社から見ていた光景と同じものが目の前にある。

何もかもが目新しくて、夜なのに光が満ちていて眩しい。

通りすがりの人々には、キョロキョロと辺りを見回す雪也は「田舎者」に見えただろう。

「明るくて眩しい……。こんな凄いところに住むのですか?」

「そうだよ。人の世界はいつも明るい。ほら、ぶつからないように気を付けて」

注意された端から、肩がぶつかってよろめいた。

社では誰ともぶつからなかったので、こんなことさえ雪也には斬新だった。

大通りをしばらく歩き、一本横の道に入ったところに、その店はあった。

五階建て雑居ビルの一階にあるバー。二階は別のバーが入っている。三階から五階までは住居のようだ。

黒い木枠の窓に、シールやフライヤーがベタベタと張り付いているドア。看板はないが、このドアが看板代わりのようだ。派手で目立つ。

「ここね。店の名前は『ラグラス』。覚えておいて」

ドアにプレートがかけてあったが、雪也は英語が分からないので首を傾げた。

「こんばんはー。ヒヨコを一匹連れてきたからよろしく！」

鮎は店内に入るなり、向かって左手のカウンターに向かって挨拶をする。

カウンターの中には一人の男がいて、こっちに向かって「よう」と右手を上げた。

「彼は梅花さん。ここの店長。そして透流様の眷属だ」

梅花と呼ばれた人は、長い前髪を小さな花の付いたピンで留めていた。すらりと背が高く、爽やかで男らしい容姿で、雪也に「よく来たね」と笑顔を見せてくれた。

「雪也です。よろしくお願いします」

「話は鮎から聞いてる。ここで働いてくれるんだよね。嬉しいな。人手がまったく足りていないんだ。好きな仕事だから苦ではないんだけどね」

黒ブラウスに黒のスラックスという黒尽くめの梅花は、なぜだか透流に香りが似ている。

梅花は清流で見られる水藻の一種で、水中で可憐な白い花を咲かせる。その花が梅に似ているから「梅花藻」と呼ばれていると、植物の本で読んだ。

そうか清流か。だから川の神格である透流と香りが似ているのか。

「ここで働いている眷属は俺だけだけど、客の中には結構いるよ。人の世界に溶け込んで生きているんだ」

雪也は頷きながら店内を見る。

カウンターが十席。立ち飲みの丸テーブルが三台。四人掛けのテーブル席が四つ。作りはウナギの寝床のように縦長で、奥にはビリヤード台が置いてあり、二人の客がウイスキーグラスを片手にゲームをしている。

「今夜は梅花さん一人なの？」

「いいや。今、花畠(はなはた)君が裏にいる。すぐ戻って来るよ」

「上に荷物を置いたら、俺も手伝おうか？」

「あと一時間で閉店だから大丈夫だよ。雨が降った段階で、ドアにはＣＬＯＳＥの看板を出しておいた」

「あれ？　そうだった？　気づかなかったよ」

鮎があははと笑ったところで、カウンター後ろのドアから、両手に海外ビールのビール瓶(びん)を持った花畠が現れた。

「鮎さんこんばんは！　相変わらずイケメンで憎らしー！」

「ははは。花畠君はいつも面白いねー」

今の挨拶の意味が分からず、雪也は危険を感じて鮎の背後に隠れた。

「ん？　鮎さんの後ろにいる子は誰？　……可愛いっ！」

「俺の従弟で雪也って言うんだ。長い間海外の田舎で暮らしてたから、日本語が変で、日本の常識をよく分かってないところがあるけど、よろしく頼むよ。ここで昼間働かせてもらうことになっている」

「え？」

そんなことは今知ったと、思わず目を丸くしたら、花畠が「可愛いなあ～」と笑顔になった。

「俺は花畠宏季。二十二歳の大学生。就職はもう決まってて、こうしてここで学生最後のバイト生活を楽しんでる。これからよろしくね」

「……あの、えっと……お、俺は、雪也です。十九歳。よろしく」

おそらくこれ以上は何も言わない方がいいのだと、雪也は真顔でそれだけ言った。

「…………人見知り？」

「日本に来た時点で驚きの連続だったから、緊張してるんだと思うよ。いつもはもっと喋るしニコニコしてる」

「そうなんだ。じゃあ、ここに早く慣れるといいね。俺がいろんなところを案内してあげるよ。ところで、恋人はいる？　いないなら俺と付き合わない？」

ぐいぐい来る花畠に、雪也はますます鮎の後ろに隠れる。

「こら花畠君、もっと落ち着いて。雪也君が怖がってるよ」

「だってここで働いてたら、常連客にいろいろ聞かれるじゃないですか。最初からハッキリさせておいた方がいいと思って」

「だからって、今ここで話す必要はないだろ」

梅花が花畠に突っ込みを入れて黙らせた。

「そうですけど、俺と付き合ってるって話にしておけば、安心じゃない？　梅花さん目当てだったしつこい男性客たちも、オーナーが出てきて『俺が彼氏だよ』って宣言してからすっかり大人しくなったじゃないですか」

「いや、そのせいで俺は彼女に振られたんだが……。大ダメージだったんだが……」

梅花が眉間に皺を寄せ、花畠を睨んだ。

透流様の眷属でも振られたりするのか。びっくりだ……。

密かに驚いていた雪也は、鮎に肩を叩かれて顔を上げる。

「こいつを部屋に連れて行くんで、今夜はこれで失礼します。花畠君はついてこなくていいからね。じゃあお休みなさい」

鮎に続けて、雪也も慌てて「お休みなさい」と頭を垂れる。

「雪也君お休みー。また明日ねー」

花畠に手を振られて、雪也はぎこちなく手を振り返した。

凄く緊張したが、同年代の人間と話をしたのは初めてだったので嬉しさのあまり鮎の背に頭突きをしてしまった。

ラグラスの入ったビルの三階に、鮎の部屋がある。

間取りは四畳半のキッチンと十畳の居間。バストイレは別で、ベランダは洗濯物を干せるだけの広さがある。

窓には焦げ茶色のカーテン。壁に沿うように大きなベッドが置かれて、反対側の壁にはテレビがある。床には毛足の長いラグマットが敷かれて、寝転がっても気持ちがよさそうだ。

「床が……板の間？」

「これはフローリング。ベッドは大きいから一緒に寝るってことで。それでいい？」

「俺は別に構いませんが…………これってふとん？　床から高いけどふとん？　なんだこれ凄いな！　鮎さん、これ凄いです！」

床に荷物を置いて、雪也は小走りでベッドの上に乗る。

「ソファ……あー……、あれだ、椅子代わりに座ってもいいから」

「座る。これ凄い。布団じゃないんですね……！　人の世界で暮らすと、こんな凄い物までついてくるのか～」

雪也はひとしきり感心し、ゴロンとベッドに横になる。

「気に入った？」

「はい。寝やすいです。面白いです。社とは全然違ってて、驚きの連続です……。凄い世界を知ってしまいました……」

天井を見つめながらそんなことを口にする。

凄いのは最初から知ってた。鮎のくれた本に最新の人の世界の画像がいくつもあった。それを再確認しただけだ。

それだけなのに、心臓が高鳴る。体が高揚する。

「俺が働く店は、さっきの店って本当ですか？　鮎さん」

「そうだよ。昼間はカフェで、午後六時からバーになる。梅花さんには、好きな時間で働かせてやってって言ってるから、ちゃんと相談すること。あとお前は海外の僻地から日本にやってきたことになってるので、その設定を忘れないこと。都合が悪くなったら『日本のことはよく知らない』で通せ」

鮎が備え付けのクローゼットを開け、桐箪笥の引き出しを一つ開けた。そこに雪也が持ってきた着物を入れて仕舞い込む。

「……鮎さんも着物を持ってきてるんですね」

「あると落ち着くからね」

鮎がベッドに腰を下ろし、雪也の隣に寝転んだ。

ほんの数時間の出来事だったけれど、とても目まぐるしかった。気落ちしている暇などなかったが、こうして静かになると、いろいろと思い出してしまう。

「……社はどうなってるかな。丹頂さんは元気かな。透流様は、俺がいなくて布団が冷たくないかな。誰が俺の代わりに毎日の着物を揃えるのかな」

言っていたらキリがない。

それでも雪也は言わずにいられなかった。

透流のことを考えていたら涙が出そうになったので、鮎に背を向けて目を閉じる。

その背を、鮎が無言で優しく叩いてくれた。


雪也の首には部屋の鍵のペンダントがぶら下がっている。本物の部屋の鍵だ。そしてスマートフォンは、チェーンでスラックスと繋がっている。どちらも、余程のことがない限り落とすことはない。

一番最初に鮎が雪也に買い与えたのが、連絡用のスマートフォンだった。家電に疎い雪也でもすぐに使えるように設定されたお手軽電話で、なぜか知らないが社にも通じるという。

家電量販店で好奇心を満たし、カフェのチェーン店で初めてのコーヒーに挑戦し、挫折し、新たにオレンジジュースを注文した。今度は大変美味で雪也は気に入った。笑顔が戻ったところでファストフードのハンバーガーを頬張る。

「……体にあまりいいとは言えない感じなんだけど、こういうおいしさは有りだと思います」

ハンバーガーとポテトを交互に口に入れて、雪也は「味が凄く濃い」と目を輝かせた。

「雪也、コーラ飲んでみる？　コーラ」

「ん？　飲みます」

おもしろ半分の提案で受け取ったコーラをストローで一口飲んで、雪也は両手で口を押さえた。口の中がシュワシュワして痛い。どうやって飲み込めばいいのか分からず、しばらく口の中に入れたままにしておいたら刺激がなくなったのでようやく飲み込んだ。

「なんだこれ……凄い。薬？　俺、別にこういうの飲まなくていいです」

「俺は結構好きだけどね、炭酸」

「鮎さんは鮎なのにこんなものが好きなんですね……」

「人の世界に何度も来ているとね、いろんなものが好きになるよ」

「でも、鮎さんが選んだのは社の世界です。必ず社に帰る」

「そうだ。こっちには遊びに来ているだけだ。俺が持ち帰る土産を楽しみにしている連中もいるしな」

鮎がにっこり笑ってハンバーガーに食らいつく姿は、人の世界に溶け込んでいる。

昨日今日で人混みを歩いた雪也は、彼の姿は人の世界では「若者」という年齢層の姿なのだと知る。自分もそうだ。ただし正真正銘の若者で、まだ十九年しか生きていない。

社の中の最年少……か。

しかし、さっきから人々の視線を感じて居心地が悪い。

チクチクと突き刺さる感覚に体がぞわぞわする。落ち着かない。

一体なんなのかと、こっちを見ていた若い女性を見つめ返したら赤面された。意味が分からないので、他の、こちらをじっと見ていた女性も見つめ返した。みな頬を染めてそっぽを向く。

「……鮎さん、人の世界の女性は変です。みんなすぐ赤くなる……」

真剣に言ったのに、鮎がコーラを噴いた。

「え？　鮎さんっ！」

「お前の美の基準が透流様なのは分かる。透流様を基準にしたら、大抵(たいてい)のものはどうでもよくなる。俺たち眷属もみんなそう」

「う？　うん？」

「だが俺たちも、人から見ればかなりの顔面偏差値の高さだ」

「ごめんなさい、鮎さん、ちょっと理解できない言葉が……」

人の世界を何度も行き来しているとこうなのだろうか。雪也は鮎が眷属でなくタダの人間に見える。

「お前の顔は人の世界の女性に好かれる。つまり端整ということだ。少し細めの涼しげな二重だし、鼻筋も通ってる。スッキリシャープな頬に、薄目の唇。それがバランスよく顔の中に収まってる……。地味ではあるが、その地味さが美しいんだ」

「考えたこともなかった。鮎さんは綺麗だと思いますけど」

「まあ、俺は自分が美しいと分かっているし」

「そうですか」

「だからちゃんと気を付けなさい。知らないところで見られているからね」

にっこり笑う鮎に頭を撫でられて、「うう」と思わず変な声が出た。

社の中では頭を撫でられて嬉しかったが、ここでそれは、大人が子供にしかしないらしいので、恥ずかしい。

現に今も、小さな子供がこちらをじっと見続けている。

「鮎さん、人の世界で目立つのはやめましょう。そういえば、そもそも……何がきっかけでこっちの世界に来るようになったんですか？」

「うん。なんというか、好奇心？　みたいな……。一度外に出てみれば納得するんじゃないかなと思って、出てみた。大した理由はない…………って、そんなあからさまにガッカリした顔をするなよ」

「いや、その……もっとこう……強烈な理由があるのかと思ったから……」

「俺みたいな眷属は一定数いるらしい。梅花さんもそうだし。他の神様のところの眷属はどうだか知らないが、俺たちの主人は、そこのところは『好きにしろ』だからね。自由にさせてもらっている」

「それが……嫌です。俺は、お前が大事だから傍にいろ。離れるなって言ってほしい。そして、俺は絶対に離れません」

　神様相手にこんな我が儘は通用しない。

　けれど無理を承知で我が儘を言う。

　その他大勢は嫌だ。誰でもいいじゃなく、俺を選んで名を呼んでほしい。

　透流の「大事にする」は、聞けば聞くほど自分一人のものではないと痛感させられる。だからこそ余計に。

「やだな。透流様のことを考えると、俺……泣きそうになる。こんな辛いの生まれて初めてでどうしたらいいのか分かりません……」

「まあ、今は分からなくていいんじゃない？」

「そうですか……」

「時間はあるからのんびり考えればいいよ。さて、今度は服と靴を買いに行くよ」

　雪也はふと疑問に思ったことを口にした。

「鮎さん、その、お金は……どこから出てくるんですか？」

「ん？　透流様だよ。うちの神社は儲かってるから、そこのところはまったく問題ない」

なるほど。

そういえば奉納品もよい品のものばかりだった。

雪也は「透流様が有名でよかった」と安堵して、オレンジジュースを飲みきった。


洋服というものは、結構面倒臭いものだと知った。

着物なら帯と合わせるだけでいいのに、洋服だと「トップス」や「インナー」、「アウター」に「パンツ」など、よく分からない言葉がたくさん出てきて、組み合わせが多すぎる。

ファストファッションの大型店舗に入ったまではいいが、雪也は目が回りそうだ。

「俺よく分からない……」

「じゃあ、俺が見立ててあげるよ」

早々にギブアップした雪也の代わりに、鮎が雪也の服を一通り揃えてくれた。

「お前の肌の色、目の色、髪の色だと……こういう色が似合うんだ」

見立ててくれたのは、黒と白のシャツにワインカラーのハイネック、長袖のTシャツは黒と白。それとネイビー。パンツは定番カラーのジーンズと細身の黒のストレートパンツ。靴はグレーのスリッポンと黒のスニーカー。

あれもこれもと、サイズを確認してさくさくとカゴに入れていくさまを見て、雪也は「凄い」としか言えなかった。

「白と黒は定番だけど、実際似合わないヤツも多いんだ。その点、雪也は肌の色が明るいから、真っ白と真っ黒が似合う。いいね、楽しいね。透流様は、俺が雪也に服を選んでやったと知ったら、悔しがるだろうなあ」

「……そうですか？　透流様は、誰にでも服を選びそうだから……」

服と靴の入ったショッパーを両手に持ったまま、ちょっと切なくなる。

「そんなことない」

「そうだと嬉しいです」

言い争ったまま社を出てしまったから、透流のことを考えるのが辛い。鮎もいろいろと気を使ってくれるのが申し訳ない。

社の中ではちゃんと仕事ができていると思っていたのに、人の世界に出た途端にこれだ。何もできずに助けてもらってばかりで、口から出るのは感謝とため息ばかり。

「……このままじゃだめだよな。俺、お金の使い方を覚えないと。まず単位がよく分からない。値段と形が一致しない」

「うんじゃあ、財布を預けるから、今から雪也が支払いをしてみよう」

「え？　あ、はい。頑張ります」

いきなりずっしりとした硬貨の入った財布を受け取ってしまった。これは、大きい物が価値が高い、でいいのかな。頑張れ俺。どうにかなる！

持っているだけで、十一月だというのにプレッシャーで汗が出てくる。しかも息苦しい。

「ちょっと……無理かも。お金、怖い……」

「そうかなあ」

鮎は笑いながら、雪也の手から硬貨の入った財布を受け取る。

「しばらくは、雪也はＩＣカードにしておこうか。気軽に使えると思うよ」

「では、それでお願いします……」

一年も出て行けと言われたのだから、そのうち覚えられるだろう。

雪也は、俺って結構根に持つタイプだったのか……と少し落ち込んだ。


帰りにスーパーで買い物をして、住まいに戻って来た。

カルチャーショックの連続で、雪也は疲労困憊だった。

これ全部奉納品ですか？　凄い神様がいるんですね……と言いそうになったが、言わなくて本当によかった。

そして旬じゃない野菜も売っていてびっくりした。それに果物の種類の多さに感激した。魚が切り身で売っていて、なんて残酷なと悲鳴を上げそうになった。

鮎は鮮魚コーナーは気持ちいいほどスルーして、鶏肉と豚肉のブロックを買った。雪也はこの綺麗なピンク色の塊が肉だとは到底信じられなかったが、試食なるものをさせてもらって、肉と信じた。つまり、旨かった。

そして、チョコレートとアイスというものも買ってしまった。買ったのは鮎だが、雪也にとってそれは初めて食べる禁断の味だ。

「噂(うわさ)に聞いたことがあります。凄く、甘くて美味しいんですよね……」と囁いたら、鮎が「うん。じゃあ四つぐらい買っていこう」と大胆に買い物カゴに入れたのだ。

カップアイスは冷凍庫、チョコは冷蔵庫に冷やしてある。

「今日は寒いから鍋にしよう」と、鮎が食材をザク切りにしてコンロにかけた。

鍋という食べものも初めてで、雪也は心臓がドキドキする。

初めてのものを透流と一緒に食べたかったな……と思ったら、胸の奥がキュンと絞られて痛い。まだ二日しか経っていないのに、透流が恋しくなってきた。

「折りたたみのテーブルがそこに立てかけてあるよな？　それを広げて」

「あ、はい」

雪也は、折りたたみのテーブルを乱暴に扱って怪我をしないよう慎重に足を掴む。

「よし。これで……」

テーブルを置いて顔を上げたら、そこには透流が立っていた。

びっくりして膝から力が抜ける。

雪也は盛大な尻餅（しりもち）をつき、その音で鮎が「大丈夫かー？」と居間を振り返り、その場にジャンピング正座をする。

「透流様、分かっていたらお迎えに行きました！」

「いや別に。俺も、たまには人の世界を見てみようかと思った。どうせこの時間帯は社を空にしても問題ない。何かあっても丹頂がいる」

透流は物珍しそうに室内を眺め、そして、ベッドに腰を下ろす。

「ほほう、これはなかなか……」

一人で好き勝手楽しむ透流の横で、雪也はじっと透流を見つめる。

「どうした雪也」

「あの……もしかして俺がいなくて……」

「なんだ？」

いつも通りの透流で、雪也は途中で言うのをやめた。

本当なら「寂しかったですか?」と続くところだったのだ。

「なんでもありません。俺は人の世界でちゃんと生活しています。人の服も着ています」

ちゃんとこっちで生活できるんですよ。あなたがいなくても……と、雪也は憎まれ口を叩いてしまいそうになる。でもそんなこと言えない。

「お前はもともと人の子だから、この世界の服が似合う」

透流が、目を細めて嬉しそうに雪也を見つめた。

「あの、そうではなく、その……」

言ってほしかった。必要だから戻って来いと言ってほしかった。そうでなかったら、こんなに早く会いに来るはずがないと思ったのだ。

「夜は……寒くないですか? 大丈夫ですか?」

一抹の不安と期待を込めて、遠回しに聞いてみる。

すると透流はつまらなそうな顔で「お前がいないから、子狐たちを抱いて寝てる」

雪也は途端に眉間に皺を寄せ、「鮎さん、手伝います」と言ってキッチンに向かった。

「なんなんだあいつは」

「透流様は今、雪也の傷に辛子(からし)を塗りました」

テーブルを拭きに、雪也と入れ違いで居間に来た鮎が、「どうしましょう、この神様」とため息をつく。

「俺は事実を言ったまでだ。雪也がいないから、子狐たちで我慢していると訴えた」

「透流様は、言葉が足りないと思います」

「……今までは語らなくとも通じていた」

鮎は、今ここにラグラスの梅花を連れて来たくなった。自分よりも人の世界と人の気持ちを分かっている彼ならば、透流に「透流様、人というのは」と伝えてくれそうな予感がする。

「透流様は、本当に人の世を見たくてここに来られたんですか？」

「雪也の顔を見に来たに決まってる」

「そこは即答なんですね。よかったな雪也」

両手に白菜を持ったまま、雪也は顔を真っ赤にして立っていた。

「う、嬉しい……です……凄く嬉しいです……」

ああどうしよう。泣きそうだ。たった二日、いや一日半だ。そんな僅(わず)かな期間しか離れていなかったのに、雪也は透流が恋しくてたまらない。

「雪也の顔も見られたし、では帰る」

「え？　あの、今来たばかりで……」

「お前が出て行く時に見送りできなかったからな。頑張って人の世界で暮らせよ？　雪也」

ぽん、と、頭を優しく撫でられたと思ったら、温かな掌の重みが一瞬で消えた。

透流は社に戻ってしまった。

「一緒に鍋を囲みたかったな……。それにしてもいきなりでびっくりした」

「…………ずるいです。透流様は。自分が気が済んだからってさっさと帰って。触るのも一方的で。俺からは触らせてもらえない」

代わりに今触っているのは白菜で。

仕方がないから、これをザク切りにして鍋に入れて食べてしまおう。

「神様のすることだから、大目にみてあげなよ」

「それは分かってます。白菜、切っちゃいますね」

雪也はため息をついて、白菜を一刀両断した。


「開店は十一時。掃除は十五分前までに終わらせよう。メニューの数は少ないからすぐに覚えられると思う。休憩時間は、その日によって違うんだ。手が空いたヤツから休憩。しばらくは俺が雪也君に指示する」

「はい。よろしくお願いします」

黒のエプロンをつけてもらった雪也は、梅花を見上げて真顔で言った。

「うん。そんなに緊張しなくていい」

男らしい梅花は、今日も前髪に小さな花のピンを刺している。可愛いなあと思って見つめていると、「オーナーがな、前髪がウザイから留めろと言われた」と困り顔で笑う。

「なるほど。俺は可愛いと思います」

「俺は俺は？　俺も今日はヘアピンでサイドの髪を留めてみました」

花畠が横入りして、ずいずいと雪也に迫った。

「可愛いですね。……梅花さん、俺はどこを掃除すればいいですか？」

「うん、まずは外を掃いてもらおうかな。こっちにおいで」

手招きする梅花と一緒に用具置き場へ向かうと、後ろから「俺のことさらっと流すし！」と花畠が文句を言っている。

「いいんですか？　彼」

「いつもあの調子だからいいんだよ。気にしない気にしない。はい。掃除用具はいつもここに置いてあるから、店先が汚れたと思ったら掃除してくれ」

「分かりました。では、掃除をしてきます」

生まれて初めての労働。

まずは人の世界に慣れるために、簡単なところから。

「俺が人の世界を選ぶと言ったら、あなたはどうするんですか？　透流様」

こっちの世界が楽しくて、社に帰りたくなくなるかもしれない。そんな日が来てもいいと思っているんだろうか、あの神様は。

……なんて、グズグズ考えるのはやめよう。無理矢理にでも心の奥底に閉じ込めておこう。

アスファルトを箒(ほうき)で掃き、ちりとりに入れて行く。

通りすがりの老人が「おはよう」と言ってくれたので、雪也は笑顔で「おはようございます」と返した。

店頭の掃除が終わったら、今度は店内。

モップで店内を水拭きして、そのあと乾拭(からぶ)きする。

花畠はテーブルと椅子を拭き終わり、今はグラスを一心不乱に磨いていた。

梅花は到着した食材を、伝票と照らし合わせて、「よし」と頷く。

「雪也君、これ、メニューね。それと、こっちが伝票。注文の品だけ書いてくれればいい。レジは俺と花畠君がやるから大丈夫」

ベージュ色の細長い伝票とボールペンを渡される。それをエプロンのポケットに入れると、カフェ店員の出来上がりだ。

「うん、いいね」

「これがメニュー。大丈夫です。英単語は勉強中ですが、カタカナは問題ありません」

「よかった」

梅花の声が小さくなり「眷属の中には、カタカナも苦手な子がいるからさ」と付け足した。

「俺は、鮎さんの本で勉強しました」

「それはよかった。ところで、鮎はどこに行ったんだい？」

「モデルのバイトだと言ってました。内容は知りません」

するど梅花はじっと雪也を見つめ、「君もモデルができると思うな。人にしてはなかなか整っているからね」と笑う。

「地味、とはよく眷属に言われてましたが……」

「そこがいいんじゃないか。分かる人にしか分からない系。ひっそりと隠された一流の骨董品みたいだ」

面白いたとえをする人だ。

雪也は思わず笑ってしまい、「笑うなよ」と軽く肩を叩かれる。悪意はないが、スナップが利いていてちょっと痛い。

「さて、開店の時間だ。今日ものんびり頑張ろう」

梅花はそう言って、ドアのクローズプレートをオープンに替えた。


接客など生まれて初めてだったが、常連客たちが「新しい子かー」「若いねー」「よろしくね」と優しく声をかけてくれたおかげで、失敗らしい失敗もせずに一日を終えることができた。

年配の常連は、姿勢が正しく物静かな対応の雪也をたいそう気に入って、「今度は夫婦揃ってくるよ」と言ってくれた。

一息ついたところで、梅花がプレートをクローズにして、バータイムまでの間にちょっとした歓迎会を開く。

そろそろ緊張しすぎて胃が痛くなりそうだった雪也は、梅花のはからいが嬉しかった。

「ただrange、口調がちょっと面白いよね。古くさい感じ」

花畠がカウンタースツールに腰掛けて、雪也の口調を指摘する。

彼の前にはカレーと野菜のプレートが置かれていた。

「あー……そうですね。意味が分からない日本語もたくさんあります」

雪也は、梅花お手製の「巨大なだし巻き卵入りおにぎり」を両手で持って頬張った。

旨い。ジューシーなだし巻き卵が、塩むすびによく合っている。

「雪也君のはそれが味だから、気にしなくていいよ。ただ、ボールペンの字が、めちゃくちゃ下手だね、君」

梅花は「仕方ないか」と言いながらも、ゲラゲラ笑う。

「使い慣れないので。練習……します」

これが筆であれば、雪也も素晴らしい文字が書けるのだ。なにせ先生は透流だ。

透流に褒めてもらいたい一心で練習し、二年かけて「なかなかだ」と頷いてもらえるまでになった。

「ボールペン字練習する？　ずっと海外なら、漢字は分からないでしょ？　俺が教えてあげるよ。卒論出し終えたし、就職も決まってるし。時間はたっぷりあるから」

「声をかけてくださってありがとうございます。こういう練習は、一人で黙々とやる方が集中できるたちなので、お気持ちだけいただきます」

「なっ！　雪也君、固い！　喋りが固いよ！」

花畠が大げさに嘆きながら、雪也の肩に腕を回して抱き寄せる。

「あの、花畠さん。俺はまだ食事中です」

「お行儀いいのはポイント高いけど、少しは俺に心を許してくれてもいいんじゃない？」

いや、ちょっとそれは難しい。

そもそも、花畠のように大声で自己主張激しく喋る相手は初めてで、雪也は密かに耳が痛くなっていた。できれば十メートルぐらい向こうから話しかけてほしい大声だ。

そして、人なつこいを通り越して馴れ馴れしい。

こういうタイプは社にはいなかったので、距離感が掴めない。

「あの、花畠さん。俺、お茶が飲みたいので離してください。危ないです」

「あ、そうなの。ごめんね」

花畠の腕が離れてホッとする。

そしてお茶が旨い。塩むすびとだし巻き卵にとても合う。

「まあ雪也君。鮎からは、君を好きな時間で働かせてくれって言われてるんだけど、どうする？　バータイムも働いてみるかい？　帰宅しても手伝ってくれても、俺はどっちでもいいけど」

「……働きます。俺はこの世界をいろいろ覚えなければ」

「じゃあお願いする。あとね、シフトも決めておきたいなと思ってるんだけど」

「シフトとはなんでしょう……？」

「あー……、仕事をする日とか、仕事に入る時間とか、そんな感じ」

梅花の言葉に雪也は「分かりました」と頷く。

「それは鮎さんに相談してからでもいいですか？　明日にはお返事できると思います」

「うん。真面目でいいね。どこかの誰かとは大違いだ」

梅花がよしよしと雪也の頭を撫でる。

その横で花畠が「え？　なんで俺、差別されてんの？　梅花さん！　酷くない？　俺可哀相じゃん！」と怖い顔で喚いている。

「花畠君はもううちの店を卒業でいいよ。俺、女の子を二人ぐらい入れたいんだ」

「いやいや。来年の三月までここでバイトしますよ、俺は」

「一ヶ月間ぐらい卒業旅行に行ってくれ」

「それは無理！　なんでそう俺のことを邪険にするんですか？　梅花さん！　俺、頑張ってると思うんですけど！」

「分かったから、声のボリュームを下げろ」

どすっと、花畠の頭に梅花の掌が乗った。叩くように乗せたと思うのできっと痛い。

けれどお陰で室内が静かになり、ウェブラジオから流れるジャズがよく聞こえる。

ああ、静寂って素晴らしい。

雪也はおにぎりを食べ終えると、「ごちそうさまでした」と言ってお茶を飲んだ。


昼の客と夜の客の客層が違う。

バーになると殆どがスーツを着た男性客で、ウイスキーやカクテルを飲んでいる。

梅花はバーテンダーとして、カウンターの客と会話をしながら様々なカクテルを作っていた。

アルコールの匂いと人々の会話で店内がいっぱいになる。

雪也はここでも、常連客に「新しい子？」「大人しいね」「いるのに気がつかなかった」と言われつつ、頑張ってオーダーを取る。

取ると言っても、カクテルの名前をまったく知らないので「なるほど」と勉強しながらだ。

酔ってくると蘊蓄（うんちく）を語りたい客も出てきて、雪也はカクテル名の由来をいろんな客から教えてもらった。真面目に聞いている姿が可愛いと、いろんなテーブルで、客たちに「よく覚えるんだよ?」と可愛がられている。

花畠は慣れたもので、グラスを下げたりオーダーを取る時に客に笑顔を振りまいている。

顔だけを見れば、彼は人の世界ではいい男になるのだろう。

だが雪也の顔面偏差の頂点には透流が君臨し、眷属たちも当たり前のように美形が揃っているので、雪也的には花畠は「ごく普通の顔の人」になる。

いつもニコニコするのは難しいな……。

黙っていれば真顔だし、笑顔になるのは透流の傍にいる時だ。

思い出した。

……俺、社から出てきたんだっけ。昨日いきなり透流と会ってるからすっかり忘れてた。

この時間は、社であればのんびり夜空を眺めたり、本を読んだりしていただろう。でも今は働いている。

テーブルから空のグラスを片づけ、オーダーを取り、それを梅花に通す。

「いらっしゃいませ」「ありがとうございました」と笑顔で言おうと頑張ったら、途中から頬が痛くなった。

梅花は楽しそうにシェーカーを振り、花畠は海外ビールの栓を抜き、飲み口にライムを刺して客の元へ持って行く。「お待たせしました」といい笑顔だ。

社で過ごす静かな時間もいいが、人の世界の喧噪も面白い。

この店ならずっと勤められそうと思っていたところで、男の怒鳴り声が店中に響いた。ビリヤードをしていた二人の客が喧嘩を始めたのだ。

グラスが床に落ち、関係ない客が「うるさい」と怒鳴る。女性客が悲鳴を上げた。

カウンターから梅花が駆けつけて話を聞くが、二人とも怒りが収まらない。

怒鳴り声や怒りの感情は、社ではもっとも縁のないものだ。つい最近、自分がその感情を爆発させてしまったが、基本、穏やかな時が流れる。

他人の怒鳴り声を聞いているだけで、まるで自分が悪いことをしたような気持ちになる。気持ち悪い。怖い。重い石を腹の上に乗せられたような息苦しさと冷や汗。指先が冷たい。怖い。

二人の客は梅花に宥められながら店の外に出て、そこでも声を張り上げて怒鳴り合っている。

常連客の一人が「警察呼んだわ。あれはちょっとなー」と携帯電話を持ちあげて見せた。

花畠が「雪也君？」と声をかけてくる。

「……はい？」

「もの凄く顔色悪いから、少し休んで」

「でも、俺……」

「いいから。そんな顔色で仕事させたら、俺が梅花さんに怒られる」

「すみません。じゃあ俺、ちょっと……」

持っていたトレイとダスターをカウンターの端に置いたところで、目の前がグルグル回って立っていられなくなった。


額が冷たくて気持ちがいい。

静かな上に鮎さんの匂いがするから、部屋に帰ってきたんだ。でもどうやって？　店から出る前に目眩がしたところまで覚えているが、その後の記憶がすっぽりと抜けている。

ゆっくりと目を開けると、目の前に鮎がいた。

「俺、気持ち悪くなって……」

「うん。人間の気に当てられたな。もう大丈夫だ」

「こんなこともあるんですね。俺……怖かった……」

両手の指を握ったり開いたりしながら、息を吐く。まだ少し指先が冷たい。

「梅花さんが、雪也にはカフェを手伝ってもらうと言っていた。昼間だけど大丈夫だろうかと、とても心配していた」

「うん。あんな怖いの、初めてでびっくりした」

「俺も最初の頃は気分が悪くなってたよ。今は大丈夫だけど、それでも、社に住んでいる眷属には、人の怒気はあまり心地のいいものじゃない」

よしよしと頭を撫でてくれるのが気持ちがいい。

安心したら余計眠くなった。

「俺、仕事はちゃんとします。それで、人の世界にもっと慣れて、こっちが楽しくなって、透流様が『頼むから戻って来てくれ』と言ってくれるまで、頑張ろう……」

神様がそんなことを言ってくれるか分からないけど。

雪也は「鮎さん、眠い」と呟いて目を閉じた。


鮎と一緒にラグラスに行くと、扉を開けた途端に梅花に抱き締められた。

「今日も休んでよかったんだぞ？　大丈夫か？　昨日は本当に悪かった。この店は、あんな客ばかりじゃないんだ。いつもならもっとこう……みんな和（なご）やかなんだ。なのに、怖がらせてしまってごめん」

「梅花さん、もう大丈夫だから。俺、カフェの時間で頑張りたいです。もっと人の世界に慣れていけば、気持ち悪くなったりしないって、鮎さんも教えてくれた」

「ありがとう！　本当にごめん！　昨日の客は出禁にしたから！」

梅花は最後にもう一度雪也をぎゅっと抱き締めて、そっと離した。

「人の世界で生きていくのは大変なんですね」

「そうだね。でも、それを選んだのは自分だから。社で暮らすのも楽しいけど、俺はそれ以上にこっちが楽しい。水が合っていたんだな、きっと」

自分でそう言えるのが凄いと思う。

そこに、「おはようございます」と花畠が現れた。

「あれ雪也君がいる。マジか～。昨日の今日で大丈夫？」

「はい。もう元気です」

自分は元気です、と、証明するように腰に手を当てて笑顔を見せる。

「よかったよー。……ところで、昨日君を抱き上げて部屋まで連れて行った人って誰？　鮎さん繋がりでどこかのモデルさん？　凄く親しそうな感じで、雪也君の頭を撫でてたからさ。人じゃないみたいな存在感だったよ、キラキラしてって言い方は変だけど、ほんとにキラキラしてたんだ。髪が白っぽい綺麗な色だったから外国人かな？　でも、着物着てたんだよな……」

その言葉に、雪也は目を見開いて梅花を見た。

梅花は右手で顔を覆い、左手の拳で花畠の頭を叩く。

鮎も「内緒だって言ったのに、君はねえ」と花畠を叱った。

「いやだって、あんなに綺麗で、しかも威圧感満載なんですよ？　俺、どこかの国の王子様か何かがお忍びで遊びに来たと思ったんです。雪也君は帰国子女だし」

最初に考えた設定のせいなので、花畠が誤解してもおかしくない。

雪也は黙り、じっくりと考え込んでから頬を染めた。

その様子を見た梅花が、雪也を「ちょっとこっちにおいで」とバックヤードに手招く。

「鮎、雪也君を少し借りるぞ。花畠君は開店の準備をしてて」

その言葉に鮎は素直に頷き、花畠は渋々「はーい」と返事をした。


「あの、俺……」

「透流様のところに行きたいだろうが、とりあえず待て。ここで気持ちを整理しろ」

外国製のビールが入ったケースや消耗品が山積みされたバックヤードの中で、梅花がドアを背にして立っている。

図星を指された雪也は、「う」と声を詰まらせた。

「あの方は、言葉が足りない。いつもそうだ。でも、自分がどれだけ大事にされているか、ちゃんと教えてくれる。俺もそうだった。こっちの……人の世界で暮らすことを選んだ俺を、あの方はずいぶんと心配してくれた」

　梅花が静かに話し出す。

「実際、こっちに来たばかりの頃は、よく顔を見せに来てくれたよ。あの方は言葉が足りない代わりに行動で示すんだよ」

　たしかにそうだ。

　そうでなければ、雪也を助けに来てくれることはないだろう。

　眷属の誰にでも慈悲深い。それが辛い。

「俺のこの気持ちは……、どうしたらいいか分からないです。だって俺は、今、梅花さんのことを狡いと思った。透流様にいっぱい心配してもらえて羨ましいと思った」

「ああ、それ」

　両手で胸を押さえる雪也の前で、梅花が「嫉妬だ」と言った。

「好きな相手から他人の名前が出ると、心がざわつくよね。嫌な感じになるよね？」

「…………はい」

「透流様は、人の世界で暮らしている俺だけでなく、ちょくちょくこっちにやってくる鮎のことも心配している。人の世界は物騒だからね。鮎のことも嫌な感じになった、かな？」

　雪也は慌ててそっぽを向くが、梅花に表情を読まれてしまった。

「お、俺は嫌な人間です。梅花さんのことや、あんなによくしてくれた鮎さんのことを今」

透流様の傍にいて、透流様が思うのは自分のことだけでいいのにと、そう願ってしまう自分が恥ずかしい。

雪也は羞恥に頬を染め、覗うように梅花を見る。

「人の子らしい感情だよ、雪也君。それはまっとうな感情だ。好きな相手に自分だけを見てほしいと思うのは、当たり前なんだ。独占したいのも当たり前だ。一つもおかしいことはない。嫉妬をしない人の子なんていない」

梅花は「まあ俺は君とは逆で、人の子に嫉妬されているとは知らずに、告白された時は仰天したけどね」と、己の過去をちらりと語った。

「嫉妬って……俺、そんなの……。ただ、透流様が好きなだけなのに……好きだから傍にいたい。ずっとお仕えしたい。なのに、このドロドロとした感情が、雪也の思考を黒く塗りつぶして邪魔をする。

「その好きって、どういう意味だろうな？　君は透流様と同衾している。他の誰も寄せ付けない。人の子の十九歳ならば、持っていて当然の感情の名前が分かっていない」

梅花が何を言っているのか。

雪也は必死に考える。単なる言葉遊びではないだろう。

「独り占めしたい。死ぬまで一緒にいたい。俺のことだけ見てほしい……」

「その気持ちは、人の世界では何と言う？」

とん、と、梅花の人差し指が雪也の胸を突いた。

「考えろ。そして、答えを出して、あの神様の心を掴んでみろ。そして叱ってやれ。言葉が足りないと本当に大事なものを失うってな」

もしかして、励まされた。いや、これは、完全に励まされた。

雪也は頬を染めて、「俺、ちゃんと、考えます」と言ってから、深呼吸する。

「俺、ちょっと出かけてきていいですか？　我が儘ですみません。今日だけ、休ませてください。明日から頑張ります」

雪也は梅花の返事を聞く前に店を飛び出して駅に向かった。

なんなんだよ。一体なんなんだ。

雪也は唇を噛みしめて、神社までの道のりを歩く。

ある意味「里帰り」だ。里帰りするのに迷子になったりしない。

いつも俺のことを見てたのか？　透流様は。だったら、そんなに見ていなければならないほど心配だったら、どうして俺に社から出て行けなんて言ったんだよ。

駅の改札前で一瞬足を止める。鮎に使い方は習ったが一人でＩＣカードを使うのは初めてだ。緊張しながらＩＣカードを使って改札内に入り、電光掲示板を確認して、電車の路線をチェックする。大丈夫だ。ちゃんと覚えている。

下車する駅だって忘れていない。

平日の昼間は乗客が少なくて、座席をゆったり使って足を投げ出して考え事もできる。

ひとこと言わなければ。神様がそう何度も社を抜け出すなと。

決して嬉しいなんて思わない。思わないったら思わない。でも、少しは嬉しかったかも。

「くそ……」

顔が熱い。

急に体温が上昇した。

冬だというのに、暑くてたまらない。車内は暖房じゃなく冷房を入れてほしい。

透流のことを考えると、心臓が破裂しそうなほど高鳴った。

やっぱりだめだ。人の世界よりも、透流の傍で暮らしたい。ずっと一緒にいたい。いさせてほしい。だって。

梅花の言葉が脳裏に響く。

『その気持ちは、人の世界では何と言う？』

「好きなんだ……俺は、透流様のことが……好き」

嫉妬と快楽に包まれた、人の子らしい生々しい感情が体の中で火花のように飛び散った。

同衾して体中に触れてもらった時と同じ喜びで、体が満たされていく。

「好き、だ……」

熱い思いを言葉にして発した。

突然自覚した。なんてことだ。

お世話をしたかったのは、好きだから。

布団の中に潜り込んだのは、好きだったから。義務なんかじゃない。

自分以外の誰とも同衾するなと我が儘を言ったのも、好きだからだ。

好きで、独り占めにしたくて、自分だけを見てほしかったから。

子供のような可愛らしい「好き」でなく、大人たちが声を低くして囁きあう「好き」。

「そんなの、叶うはずないのに。でも俺は……」

相手は神様で、雪也自身を捧げることはできても、もらうことはない。それが悔しい。

戦う前から負け戦だ。なんてことだ、悲しいを通り越して怒りが湧いてきた。ああ、自分で怒る分には気分は悪くならないんだな。

雪也は鼻の奥がツンと痛くなって、慌てて両手で顔を拭った。


凍えるような寒さと清々しい空気に満ちている。

平日の昼間なので境内には人はいなかった。

社務所で、御朱印帳を持って並んでいる女性が数名いるだけだ。

雪也は参拝客を装って参道を歩き、賽銭箱の前で立ち止まる。

「昨日はありがとうございました」

返事がない。

「それと、あの、やたらと社を抜け出すのはいけないと思います」

反応がない。

「……俺を社から出しておいて、どうしてわざわざ見に来るんですか？　見に来るぐらいなら、俺をずっと社に置いてください」

答えが返ってこない。

眷属たちの気配はするが、しっかりと閉じられた扉の向こう側だ。

「返事ぐらいしてくれてもいいのに、俺と会話をするのがいやなんですか？　俺はもう、いらないんですか？」

言っていて自分で悲しくなってきた。

ここまで返事がないのは初めてだ。

俯いて、足元を見る。鮎に買ってもらったグレーのスリッポンが薄汚れているのが分かった。

そこに、トカゲがぺたりと前脚を乗せる。

トカゲは雪也を慰めるように、ポンポンと数回スリッポンを叩いて、するすると社の下に入っていった。

「いらないなら、俺を心配しないで。俺に優しくしないでください。……もういい。もう、ここには来ません。一年経つまで来ません。それでいいんでしょう?」

御朱印をもらうために社務所に並んでいた女性たちが、ちらちらとこっちを見ている。

今の自分は、神社の前で延々と独り言を言う気持ちの悪い男だ。社務所の人間を呼ばれる前にさっさとここから出て行こう。そう思って振り返ったら、そこには透流がいた。

今日の透流は着物ではなく、ツイードのジャケットにマフラー、そして細身のパンツ、足元は焦げ茶色のウイングチップを履いている。

着物姿しか見たことがなかったので、驚きすぎて言葉が出ない。一体、どこの誰がその服を用意したのだろう。

「すべて聞いた」

だからなんだ。そんな、微笑みながら俺を見ないでくれ。

「………そうですか。では、さようなら」

透流の前で泣くのも悔しい。

雪也は早足で神社から遠ざかる。

なのに、透流がついてきた。

「なんで……ついてくるんですか? 目立つからやめてください」

「お前が、俺の返事も待たずに歩き出すからだ」

鳥居をくぐったところで振り返る。

透流が少し後ろを歩いていた。

「昨日の夜、ありがとうございました」

「ああ」

「俺、透流様に助けてもらったのに、覚えてなかった」

「構わん。俺は……お前がこのまま死んでしまったらどうしようと、それだけ思った」

「そんな簡単に死にません。…………多分」

透流の眉が不快そうに僅かに寄った。

「あの、透流様」

「なんだ」

「………好きです」

一年ほど人の世界で暮らせと言われたのだから、今言ってしまってもいいだろう。どんな返事をされても、顔を合わせなければ気まずくはない。

雪也はじっと透流を見つめ、唇を噛んだ。

「そんなこと、とうに知っているぞ雪也」

透流はジャケットのポケットに手を突っ込んで、「何を今更」と小さく笑う。

「え？　いや、だから、そうじゃなく……俺が言ってるのは……」

「俺は雪也を守ることができるし、お前の寿命が尽きるまでずっと傍にいてやることができるぞ。違うのか？」

「………合ってるけど、違う。もういいです」

　実に神様らしい言葉です。うん、俺は分かっていたことだ。

　どうしてか笑いがこみ上げてくる。我慢していると泣きそうだったので、体の中の温かな空気を吐き出すように、雪也は「はは」と笑った。

　気持ちがすれ違っているのがよく分かる。思う意味が違うと説明しても、神様相手にどこまで理解してもらえるか。俺は人の子なので心の中に欲望を抱えているんです。今だって、あなたに抱き締められたくてたまらない。

　けれど、こんな後ろめたい気持ちを透流にぶつけることはできない。透流に失望されたら、生きている意味がない。

「人の世界に慣れていきます。努力します。……では透流様、さようなら」

　もし俺が人でなく眷属だったら、透流様にずっと一緒にいてやると言われたら死ぬほど嬉しいんだろう。残念だな。俺は人間で、思っていたよりも欲張りで、欲張りたい相手は本当にタチが悪い。神様なんて。

「まいったな……」

今来た道を戻っていく。
透流の気配が少しずつ遠くなる。
街路樹にまとわりついていた眷属の気配が、ゆっくりと薄れていく。
泣きたくてたまらないのに、口から零れるのは嗚咽ではなくため息だ。
「寂しいや」
鮎も梅花も優しい。花畠はうるさいけれど気が利く人間だ。
でも、やっぱり。
考え込むとどこまでも沈んで行ってしまう。
もうやめよう。気持ちを切り替えるのは難しいけれど、できるように努力しよう。
少し滲む視界を、手の甲で拭ってクリアにする。
雪也は一度も振り返らずに駅に向かった。
視線は感じていたけれど、振り返ったら泣いてしまう気がして我慢した。

紙幣は、印刷されている人の顔で見分ければいい。
花畠が「日本中の人から愛されているのがこの男だ」と一万円札を指さした。

なるほどと雪也は納得する。

六種類ある小銭ももう覚えた。

レジも任せてもらえるようになった。焦らず正確に数字を押して、客に釣りを渡す。

最初は心配そうにこっちを見ていた梅花は、今では自分の仕事に没頭している。今は「スペシャルパフェ」なるものを真剣な眼差しで作っていた。

ラグラスに勤めてから二週間近く経った。

なんだかんだで、よくもまあ、この世界に慣れたものだ。

雪也は心の中でこっそり自分を褒めた。

「……若いと順応が早いのかな」

鮎がカウンターでコーヒーを飲み、働いている雪也を一瞥する。

「そうだろうな」

高さが三十センチもあるパフェの完成に頷き、梅花が言った。

「花畠君、できました。よろしく」

「はーい。相変わらず凄いね！　これ！」

トレイに乗せるよりも、両手で持った方が安定する重さらしく、花畠は「失礼します」と真顔になって、一番奥の四名の女性客に持って行く。

拍手と歓声と共に迎えられたゴージャスなパフェは、パシャパシャと写真を取られた。

「パフェって……凄い」

空きテーブルの食器を片づけて持ってきた雪也は、目を丸くして視線でパフェを追う。

「冗談で作ってみたら、たまに注文が入るんだ。アレを笑顔で食べきる人間の女子は凄い」

梅花が「残したら罰金なんだよ」と付け足した。

「そんな制度が……」

毎日人間の言葉に耳を傾けていろんなことを知っていくが、食べものの「罰金」は今日が初めてだ。

「俺は普通の大きさのパフェが好きです。バナナとチョコが乗っているパフェは最高に美味しかった……」

パフェという食べものは、人の世界で味を知った。鮎が社に持ってきてくれた雑誌の中にも写真が載っていたが、味が想像できなかったのだ。

食べて初めて、この世の幸せを知った。

花畠には「雪也君の幸せは小さい」と笑われたが、幸せの大きさは人それぞれなので気にしない。

「雪也君が、甘い物がそんなに好きだとは思わなかったよ。なんなら今度、ケーキブッフェに行く？」

「梅花さん、それはなんですか？」

「いろんな種類のケーキが山ほどあって、好きなだけ食べていいんだ。もちろん、最初に料金は払うし時間制ではあるんだけど。きっと満足できると思う」

「お金……。そういえば俺、お金を持ってませんでした。それはまたの機会に」

行ってみたいけど、もの凄く興味はあるし、山ほどのケーキを見たいし食べたいけど、それは金銭と引き替えの幸福だ。

雪也は「我慢します」と言ってシャツを腕まくりし、シンクの中に使用済みの食器を入れて行く。

「え？　待って雪也。お金なら俺が出すから問題ない。行きたいなら行こう。予約するから」

鮎が慌てて、持っていたスマートフォンを操作し始める。

雪也は通話以外は使えないが、鮎と梅花はいろんな使い方をマスターしている。いつになったら自分はあのレベルに到達できるのか、まだまだ先は長そうだ。

「この店は水曜休みだから、じゃあ、来週の水曜に、ここのホテルのケーキブッフェ行こう。『年末年始のニューイヤーブッフェ』だって」

鮎のスマートフォンに映し出された画像は、それはそれは素晴らしかった。

色とりどりのケーキ、グラスに入ったゼリー。軽食としてパスタやサンドウィッチもある。飲み物の種類も多かった。

「俺、オレンジが載ったタルト食べたい。あと、このケーキ。キラキラしてて綺麗だ」

「それ、きっと金箔が載ってるんだ。白に赤に金か、めでたいケーキだな。何味だろう」

梅花が「こっちはメロンのムースか。はは、雑煮とお汁粉まである」と画面をスワイプしながら説明してくれた。

「ちょっとみなさん。仕事中に私語は感心しないなあ。俺も仲間に入れてよ」

鮎が「なんだ花畠君、調子いいな」と笑い、雪也は自分が仕事中なのを思い出して、食器を洗い始める。

「すみませーん！」と巨大パフェを食べている女性客が、「寒くなってきたからホットコーヒー追加してくださーい」とオーダーし、花畠が対応しつつ雑談している。

カウンターの中からその様子が覗えるが、彼の女性客のあしらいはとても上手い。気がつけば女性客たちは、花畠の勧めるドリンクをいくつも注文している。

「あいつはホストならすぐにナンバーワンだな」

梅花が作業台を掃除しながら小さく笑った。

「ホストとはなんですか？」

「ん？　アルコールを飲む店にいて、女性客を楽しませていっぱいお金を引き出す人」

なんだろう。それは。

今の説明ではよく分からずに雪也はじっと梅花を見つめる。

「あとで鮎に教えてもらえばいい。俺も行ったことがないからよく分からない」

「あ、酷い。俺に話を振らないでよ。……実際ああいう場所は人間のよくない思考が渦巻いているから、俺たちは近づきません。雪也も近づいちゃだめ。それでいい？」

「はい」

よく分からないが、危険地帯ならわざわざ足を踏み入れない。雪也はそう決めて、食器洗いを再開した。

「……と、よし。来週の水曜、午後一時から予約が取れました。平日というのもあって空いてたみたい。一応、花畠君も入れてあげたから四名ね」

鮎が、スマートフォンの予約完了ページを見せてくれた。

生まれて初めての体験に、心がときめく。

人の世界はいろんなところに楽しみがあって、常に心を刺激される。それはたまに騒がしくて疲れてしまうが、でもやめられない。

テレビだけでなくウェブの世界もそうだ。

モニターの中に世界が映し出される。行ったことのない場所までリアルに体験でき、可愛い動物たちの動画に心を癒される。

ここは楽しい。

洗った食器を乾いた布巾で丁寧に拭いていく。グラスが曇らないよう、丁寧にしっかりと。

扉に付けてある鈴が、カランと小さな音を立てて、来客を知らせた。

「いらっしゃいませ」

最初の頃のぎこちない笑顔はもうない。

雪也は、客が席に着くと水の入ったグラスとメニューを持って行った。


おでんと焼き鳥、コロッケというどこの居酒屋かというメニューで夕食を終えたあと、鮎が「ちょっと社に行ってくる。大晦日のことで話があるんだ。戻りは明日の朝だ」と言って、神社に戻った。

部屋のドアを閉める時に「来客があっても、絶対に出ないこと。ドアを開けたらいけません」と真顔で言われ、「俺は子ヤギか？　鮎さん」と言ったら「よく覚えてるな七匹の子山羊」と笑われた。

まだ小さな頃に、社の中で何度も読んだ。

そういえば、透流様に「ご本読んで」と何度もせがんだっけ。丹頂さんには「こら」と怒られたけど、透流様は膝の上に俺を座らせて、いろんな絵本を読んでくれた。

淡々とした声で読むので、今思えば躍動感にかけていたが、それでも俺は、透流様の声が好きだったから、それだけで満足できた。

「……贅沢だな、俺」

神様に絵本を読んでもらってたなんて。

しみじみ思いながらテーブルの上を片づけて、軽く屈伸運動をしてから風呂に入る。

最近の入浴剤は「なんとかの湯」という温泉シリーズで、鮎が仕事先から山ほどもらってきた物だ。それを雪也と二人で消費していく。

適当に端から選んで浴槽に入れた。

鮎曰く「変な匂いがして今一つだから、混ぜるのはやめた方がいい」らしい。

湯が溜まるまでテレビを観て、服を脱ぎながら風呂場に向かう。洗い物はちゃんと洗濯機の中に入れる。これをちゃんとしておかないと鮎に怒られるのだ。

頭と体を洗ってから、乳白色に濁った湯船に浸かる。

「気持ちいい……」

人の世界は、温めていないととても寒い。着物の足元は素足でいられる社の中とは大違いだ。

「来週は、ケーキ」

人の世界でまた一つ、楽しいことを覚えた。

楽しいことには金銭が必要なのも理解した。

鮎や梅花は「身の程を知るのは大切だ」と教えてくれた。

それはちゃんと分かってる。

神様を相手に片思いなのだ。知らなければ滑稽以外の何ものでもない。

花畠は相変わらず、暇な時間を見つけては「俺と付き合ってみる？」「俺、自慢じゃないけど、いや自慢だけど上手いよ」とぐいぐい押してくる。

人とそんなことをするつもりはまったくないから、何も知らない振りをして、のらりくらりとやり過ごしている。

「透流様……」

人って貪欲だ。でも神様の博愛はいらない。

プクプクと頭まで湯に浸かって、慌てて顔を上げる。つるりと頬を流れる湯に、透流に頬を触られた時のことを思い出した。

気持ちよくて、それでいて、体の中の熱を引きずり出される。

「ヤバ、い……」

この現象はだめだ。こんなこと、人の世界に来て初めて起きた。社の中なら、透流に助けを求めればそれですんだ。でもここには、今、雪也しかいない。

「くそ……」

湯船から出て冷水を浴びても、熱を持った股間は収まらない。

どうしよう、どうすればいい。

雪也はバスタオルで体を拭き、居間に戻って部屋の中をウロウロする。熱は収まるどころかますます昂ぶり、雪也の体を甘く苛む。

テレビがうるさい、部屋が眩しいと、テレビを止めて照明を消す。すると、カーテンの隙間から月光が部屋に差した。

自然の明かりに安堵の吐息をつく。

「そうだ……」

クローゼットの中には桐箪笥がある。その中には、雪也が社から持ってきたお気に入りの着物が入っていた。それを引っ張り出して体を包み込む。

「あ」

自分の着物なのに透流の匂いがした。

いつも傍でお世話をしていたからこその移り香。布団の中でも同じ匂いがした。

「透流、様」

彼がどんな風に自分に触れているかを思い出す。

『雪也』

唇を指先で辿り、そっと口の中に入れた。ちゅっと吸ってから舌を絡め、丁寧に舐めていく。

口づけの代わりに、自分の指を吸い、甘噛みしては舌を這わせる。

『ほら、口を開けろ』

はい透流様。

口を開けて舌を出すと、透流の指で撫でられる。いつもそうだ。指で口腔を掻き回されて気持ちがいい。「はふ、はふ」と声が漏れ、口の端から唾液が零れても、雪也は指をしゃぶり続ける。

自分の指を透流の指に見立てて、ねだるように吸い、舐める。

「ん……、は」

唾液をたっぷりと付けた指で、まだ芯を持たない乳首を擽った。

「ひゃ、あ、あ、ああ……っ、そこ、俺っ、弄られると……っ」

透流にされるように自分で両方の乳首を擽り、乳輪ごと摘まんで強く引っ張る。

途端に、着物に包まれた体に衝撃が走って、雪也は背を仰け反らせて感じ入る。口では「だめ」と言いながら、なおも強く責め苛んでは両脚の膝を擦り合わせ、もどかしい快感に荒い息を吐いた。

『我慢するな。可愛らしい声を聞かせろ。俺の手の中で何度でも爆ぜればいい』

「ひっ、……くっ！　あ、あああああっ！　透流、透流様……っ、そこ、もっと、ほしいです、もっと、指っ、透流様の指……っ」

自分の指で両胸を激しく愛撫する。

透流はいつも、わざと乱暴な指の動きで、雪也の中に隠された被虐的な欲望を引きずり出していた。今は、自分で、彼の愛撫をなぞるしかない。

乳頭を指の腹で執拗に擦り、引っ張り、爪で弾いては押し潰す。

『こういう時は、何を言えばいいか分かるな？　ん？』

「気持ち、いいです……っ、透流様……俺、凄く、気持ちいい……っ」

着物の中は雪也の熱い息でいっぱいになり、その熱が、透流に抱き締められていると勘違いする。

「好き、好きです……っ、俺、透流様が……好きなんです……っ」

乳首の愛撫だけで射精しながら、返事をくれる人はいないのに何度も「好きです」と泣きながら告白する。

「はっ、ぁ、あ、あ……」

一度爆ぜても体はまだ収まらない。

それどころか、もっと快感を求めて疼き出した。

「透流、様」

『ほしかったらねだれ。ほら、どうすればいいか分かっているな？』

透流の見ている前で、大きく足を広げて後孔に指を入れる。恥ずかしいのと苦しいのとで、ほんの少ししか挿入できないが、雪也はそれでも、小刻みに指を動かして「ここ、に、ください」とねだった。

あの時と同じ。足を広げて体を丸め、後孔にそっと指を入れていく。

何度も透流を受け止めた場所は、ゆっくりと雪也の指を飲み込んだ。

「あ、んんっ、ん……っ」

おそらくここら辺だと、雪也はそっと指を動かして深く息を吐いた。初めて自分で触れた快感の源に喉を鳴らし、擦るように刺激する。

よすぎて涙が出てきた。このまま延々と指を動かしてしまいそうで怖い。

でも、それだけじゃ足りない。

もっと奥に、突き上げるような刺激がほしい。

「んっんんっ、足りない……足りない、だめ……」

熱を発散できずに、切なくて苦しくて涙がボロボロと零れた。

「お前は、一人で手遊びか？」

どこか困ったような、呆れているような、けれど、それ以上に嬉しさが滲み出た声。

雪也は着物の中からおずおずと顔を出し、自分を見下ろしている透流を見た。

彼は今も人と同じ服を着ている。

ただし格好は、カッターシャツとスラックスだ。

「お前が呼んだから来た」

「透流様……」

透流がふわりと微笑んで、雪也の傍らに腰を下ろす。

「神様が、社を空にしてはだめです」

「今はいい。お前に呼ばれたからな。俺は、お前の声は無視できない」

「俺……」

「俺に可愛がってほしいな？　だから呼んだのだろう？」

「そう、です。呼びました。この熱は……透流様じゃないと……消せません。俺一人じゃ、だめ、です……っ」

「可愛いやつめ」

透流がスラックスの前を寛げ、猛った陰茎を晒す。

「中にください。透流様を、奥まで、俺の中、透流様で……埋め尽くして……」

右足を乱暴に持ちあげられて、透流の体がぐいと中に入ってくる。

「あ、あ、あ、あ、あっ」

「俺がこうしたいと願った体だ。たかが手遊びで絶頂できると思うな。最初からちゃんと俺を呼べ」

言葉だけなら冷ややかだが、声がとてつもなく優しい。

雪也は泣きながら透流の背に腕を回す。

「ごめん、なさい……っ、俺……、俺、一人でどうにかできると思ったたっ、透流様がいないと、俺だめ、あ、あ、も、動いて……透流様、動いて……っ」

頼むから、お願いだからと、泣きじゃくりながら透流の胸に顔を擦りつけ、背中に回した手に力を込める。

「まったく、お前は何も分かっていない。少し考えればすぐに分かることなのに」

透流は小さく笑って、動き出した。

求めていた刺激を与えられて体がまず先に喜ぶ。

「こうしてほしかったんだな？」

「ひゃ、あっ、ああっ、は、はい……そうですっ、俺、奥で、透流様を感じたかったっ」

楽々と腰を掴まれ、揺さぶられては力強く突き上げられる。

「あまり可愛いことを言うな。長く保(も)たん」

「俺、可愛く、ないですっ」

「可愛い。俺が言うんだから、お前は可愛いんだよ、雪也。赤子の頃からお前を見てきているんだぞ？　俺は」

自分のことを可愛いなどと思ったことはないけれど、透流の言う「可愛い」はずっと聞いていたい。気持ちがいい。本当に可愛くなったような気がして、胸の奥がきゅっと甘くなる。

「俺、どれだけあなたに触れてないのかもう、忘れそうです。いっぱい……触りたい」

「ああ、くそ……っ！」

次の瞬間、雪也の中で透流が爆ぜた。

「あ。…………透流様の、中にいっぱい……」

「人の子が俺を煽（あお）るのか？　なんなんだ、やめろ。俺はこんなものではない」

「透流、様？」

「分かった。お前に触れていなかった日にちの分、ここで可愛がってやる。はしたない声を上げろ。羞恥にまみれた言葉を紡げ。そして、いい声で鳴け、雪也。…………分かったな？」

くちゅりと、陰茎が引き抜かれ、今度は俯せのまま腰だけ持ちあげられる。

背後から挿入されると、感じすぎてしまっていつも以上に恥ずかしい声が出てしまう。だから雪也はこの格好が嫌いだ。

「だ、だめ……これは、俺、恥ずかしいですから……透流様……」

なのに透流は雪也の声を無視した。うなじや首筋を強く吸われ、歯を立てて噛みつかれる。

「ひゃ、あっ」

痛いのに陰茎が震えて硬く勃起し、鈴口から先走りが溢れる。

続けて、今度は甘噛みされて「あああ」とだらしない声が出た。

今まで布団の中で噛まれたことなんてなかった。それなのに今、強く甘く噛みつかれる。

噛まれながら揺さぶられ、乱暴に突き上げられた。

最初は、浅い部分の敏感な場所。ここを押し上げるように突かれると、雪也はよすぎて動けなくなる。体を小刻みに震わせることしかできない。

「雪也、声。ほら、お前の好きなところを可愛がってやる」

今度は、もっと奥を突かれた。

慎重に拓かれたそこは、雪也の中でもっとも感じる場所となっている。

「あっ、あ、あ、あ……っ、奥……っ、そこ、当たってる、奥、当たって、あああっ、あ、あ、ああもうだめっ！　透流様、そこ、だめ、俺、死んじゃうっ、気持ちいい、気持ちいいっ！」

後ろから、勝手に動けないよう腰を強く掴まれたまま、もっとも感じる場所をひたすら突かれる。

強引に快感を引きずり出されて、気がつくと陰茎からは精液がだらだらと漏れていた。

「触れずに気をやったか？　お前は本当に、俺が願ったようになった。愛らしくてたまらん」

耳元にそう囁かれて、嬉しくて、自分の腰を掴む透流の手に、そっと手を重ねる。

「お前は……っ」

透流の低く狂暴な声に、自分は何かヘマをしたのかと不安になった。

けれど彼は雪也の体を起こし、今度は膝裏を抱えて突き上げた。

小さな子供が用を足す時の格好にされ、より深く繋がる。

すると快感だけでなく別の解放感まで刺激された。

「透流様……っ、俺っ、好きっ、透流様が好きっ、んっ、んんっ、あ、だめ、出ちゃうっ、出ちゃうから……っ、見ないで、透流様、やだ、見ないで……こんなのだめ」

「人の羞恥とは、なかなかにいいものだな。可愛いぞ雪也」

「あっあっあっ」

突き上げられるたびにぷるぷると震えていた陰茎から、雫が溢れ落ちる。そうなったらもう、堪えられない。

雪也は透流の陰茎を挿入したまま失禁した。

そのまま揺すられて、漏らしながら感じてしまう。

鈴口から溢れているのは精液ではなく熱い飛沫なのに、まるで射精が続いているかのように快感の痺れが続いている。

「こんなに極まるなら、また粗相をさせてやろうな？　雪也。俺の前では、物静かで大人しい人の子でなくてもいい。もっとしどけなく、はしたなくなって構わない。育っていくお前のすべての表情を俺にだけ見せろ」

そして透流は、自分も達するために一層激しく雪也を揺さぶった。

雪也はそのせいで幾度となく強制的に絶頂させられ、泣き喚き、意識を飛ばした。


腹が減って目が覚めた。

床に転がっていた目覚まし時計の時間を見ると、まだ朝にはなっていない。午前三時。

暖房の効いた部屋は乾燥していて、雪也はケホと咳をした。

「あ、れ……？」

声が掠れて、上手く出ない。目もなんかひりひりする。

とにかく何か飲もうと立ち上がろうとして、床に転がった。

着物を纏っただけの裸なのは分かる。自慰をしたまま、途中で眠ってしまったのだ。ここに鮎がいなくてよかった。

けれど、足腰が立たなくなるほどの自慰などしていないし、そんな技巧は雪也にはない。

技巧はないが、とてつもない夢を見た。

透流に果てしなく愛される夢だ。

どうしようもなく恥ずかしくて、それでいて、頭がおかしくなるほど気持ちよくて、満たされた。

覚えてはいないけど、ほしい言葉をいっぱいもらえた気がする。

「お、俺……なんで……？」

ふと、下腹に目を向けると、内ももに赤い花が散っていた。

皮膚を強く吸ってできる痣。そこは自分では付けられない場所。

「え……？」

まさか、まさかそんなことが。

雪也は自分が左手に何かを握り締めていることに気づいて、そっと開いた。

そこには、いくつかの蕾を付けた梅の小枝があった。

「これ……」

「ああ。烏が間違えて折ってしまったと、しょんぼりしていたのでもらい受けた。社の中なら、無事花を咲かせるだろう」


透流はここに来たのだ。

そして、散々雪也を翻弄して立ち去った。

赤い痣と梅の小枝以外、すべての痕跡を消し去って。

「神様……おい神様……俺を喜ばせるようなこと、しないで」

透流が何を言っていたのか、ちゃんと覚えておけばよかった。快感に翻弄されて、これっぽっちも覚えてない。

「ばかだな、俺……」

もし次があるのなら、目が覚めるまで一緒にいてとねだってみようか。でも、自分の口からきっと言えない。また拗ねて、言いたいことの半分も言えずに終わるんだ。

雪也は着物で自分の体を包み、梅の小枝に鼻先を近づける。
梅の仄(ほの)かな香りの中に、透流の匂いを感じた。

「年末年始は貸し切り。大晦日の夜から新年の午前中が特に賑(にぎ)やかだ。みんな飲みまくるから、雪也君は昼間に仕込みを手伝ってくれるだけでいい。五日まではバーしか営業しない。その後は一週間休み。ゆったり温泉にでも行ってくればいいよ。正月休みとズレてるから予約も取りやすいんじゃないかな」

梅花の皿には、プチサイズのいちごショートと果物ぎっしりのロールケーキ、一口サイズのタルトと、いちごムースが乗っている。

「もう大晦日なんですね。俺、こっちに来てずいぶん経った気がします……」

雪也の皿は、オレンジムースとガトーショコラ、ピスタチオのケーキ。あとは松飾りのアイシングをされたクッキーがある。

「俺は実家に帰るけど、雪也はどうする？　ずっとラグラスで仕込みしてる？」

鮎は、最初にモンブランとガトーショコラを食べて、それ以降はずっとパスタとカレー、サラダを食べていた。

「まだ何も考えてません……」

そう言った雪也の隣で、花畠が「俺はいつも通り、バータイム出勤で。今年の大晦日は一人じゃ寂しいので、ラグラスの客と一緒に騒ぎます。そして客の奢りで飲みます」と言った。

元気なことだ。

彼の皿にはスイートポテトのミルフィーユと、レモンタルトが乗っているが、どちらも半分ほど残っている。彼もまた、カレーとパスタに逃げていた。

平日水曜のケーキブッフェだというのに、テーブルはほぼ満席で、ブッフェ台のケーキたちはなくなったらすぐ次の皿と、常に新しい物が並べられていた。

女性客か家族連ればかりのところ、男性四名は目立つ。

ホテル側もそれを分かってくれたのか、彼らは一番端の目立たない席に案内された。

「……ミルクティー、美味しいです。初めて飲みました」

日本茶であれば数え切れないほどの銘柄を飲んできたが、紅茶は初めてで、雪也は「もっと別のものも試したいです」と上機嫌だ。

「へえ。雪也君が住んでたところは、ミルクティーを飲まなかったんだ。じゃあ、ストレートとか？　コーヒーとか？」

花畠の言葉に、雪也は自分が帰国子女設定だったのを思い出す。

「いいえ。紅茶もコーヒーも飲みません。自然の果汁的な、そういうものです。あとは、酒」

「でもまだ飲めないよね？　未成年だし」

「はい。飲んだことないです。多分俺は、飲めないような気がします。匂いだけでちょっと辛い。この前、鮎さんがえらく酔っ払って帰ってきて、俺は怒ろうかと思いました」

淡々と言って、「ふう」とため息をついて鮎を睨んだ。

鮎は「向こうとの話が長引いたんだよ」と笑顔を見せるが、雪也は渋い表情をする。

「こいつ、いくらでも飲むからなあ。逆に丹頂さんは飲まない。あの人は甘い物ばっかりだろ？」

梅花がポットの紅茶を淹れ終えて、従業員におかわりを頼んだ。

「俺もよく、甘い物をもらいました」

丹頂は今頃忙しくて大変だろう。

年末年始は透流神社も稼ぎ時なので、人の目に社がより一層美しく見えるように術を使ったり、気まぐれな透流にやる気を出させたりしなければならない。

「みんな仲いいね～」

花畠は「ところで、ウニのクリームパスタ旨い」と笑顔で付け足し、アイスコーヒーを飲む。

一緒に働いていると、最初は顔はいいのにうるさいと思っていたこの男のいいところが見えてくる。

今も、どんな関係？　そっちだけで盛り上がっててつまんない、などと場の空気を壊すことはせずに、今ここでみんなが分かるネタを振る。

「え？　俺も食べようそれ」

「そろそろしょっぱい物がほしくなってきた」

鮎と梅花が揃って席を立ち、パスタコーナーに向かう。

「俺も、もう少ししたらしょっぱい物を食べに行こう」

「うんそうだね。ところでさ、雪也君、セーターから丸見えの、大きな絆創膏（ばんそうこう）は何？　痛くない？　いつ怪我したの？」

花畠が、雪也が着ているクルーネックのセーターの首元を指さして、首を傾げた。

「先週、ドジを踏んでしまいました。結構痛いです。変なぶつけ方をしたら、血が出てきてしまって……鮎さんが一番大きな絆創膏を張ってくれたんです」

本当は、透流に囓られた痕だ。

鮎が見つけて悲鳴を上げ、薬を塗って絆創膏を貼ったが「神様が付けた傷痕だから、これ、消えないと思うんだ」と言われた。

透流に、自分だけを好きになってくれ、自分だけのものでいてくれとは言えない。だから雪也は、付けてもらった傷は大事にしようと思っている。

吸われた跡はもう消えてしまったが、歯形だけは今もくっきりと、雪也の首に残っている。

消えない痕が凄く嬉しい。

「絆創膏が小さかったら、キスマークかなってからかえたんだけど、まあ、いいか。それより、俺とドライブしない？　ちょっと早いけど就職祝いだって、おじさんが車を買ってくれたんだ。助手席に雪也君を乗せたいなと」

「車……っ！」

人の世界に来て、雪也はまだ車に乗ったことがない。どんな乗り心地か試したいが、答える前に「だったら梅花さんの車に乗ればいいよ。運転上手いし、車は頑丈だし」と、鮎が横から口を挟む。

パスタを皿に盛った梅花も、「いつでもいいぞ」とにっこり笑う。

彼らはじっと花畠を見つめ、花畠は気がついたらだらだらと冷や汗を垂らしていた。

「うわ。鉄壁の上に双璧じゃないですか。これじゃ無理だ。ごめん雪也君。俺はまだ死にたくない」

「花畠君の、そういう物分かりのいいところは好きだよ。……で、真面目な話、このウニのクリームパスタは旨い」

鮎は緩く笑ってからパスタを一口食べ、花畠に「よくやった」と親指を立てて見せた。

「俺……年末年始は人の世界で暮らします」

店の前で「じゃあまたね」と言って解散し、自分たちの住まいに戻って一息ついたところで、雪也は宣言した。

「透流様は寂しがるかと……まあ、縁切の念を処理するのに忙しいから大丈夫かな」

「あ、あの人が……俺のところに来ればいいんです。あんな、夜這いのようなことをするくらいなら、堂々と玄関から入ってほしいです」

言ってから、雪也は顔を真っ赤にする。

「あ。人じゃありませんでした……」

「え？　そこ？」

鮎は困り顔で笑い、「雪也も大概だ」と腕を組んだ。

「会えるのも触ってもらえるのも嬉しいです。でも、それって一方的です。俺が会いたい時、すぐ会いに行けません。神様って狡いです」

そうなのだ。嬉しいけれど一方通行。

「そう来たか。そうだね、まあ、俺たちの主人は、神様だから思考回路が変わってるよね。それでも、人の思いを受け止めている神様だから、そのうち足りない言葉を補ってくれそうな予感がする」

「信心されている神様を自分のものにしたいという願いは、大それたことだと分かっているんで。でも俺は、その願いを捨てられない。俺はあの人に傷を付けることはできるんでしょうか」

　傷を付けることができれば。

　たった小さな傷一つだけでも、「その傷を付けた瞬間だけは」透流が雪也のものになった証になるような気がする。

「傷ね。そんなこと、眷属はこれっぽっちも考えないよ。人の子は、とんでもないことを考えるものだ」

「天罰が下りますか、俺」

「んー………これは……難しい…………」

　鮎は何度も首を傾げて、結局は「風呂掃除でもするか」と風呂場に行ってしまった。

　問題を放棄された。

　雪也は雪也で、カーテンレールに引っかけて干していた洗濯物を外し、シャツにアイロンをかけ始める。

　難しいことを考えて堂々巡りをするよりは、今は無心でシャツの皺を伸ばそうと思った。

どうして人は、年末になるとこうも忙しいのだろう。

透流は厚手のジャケットに細身のパンツといった冬の出で立ちで、人の世界を闊歩していた。

社務所の人々と近隣のボランティアが境内と社の掃除をしたので、いつになく清々しい気分だったが、自分の隣を歩いているのが鮎なので、あまり楽しくない。

「雪也じゃなくて申し訳ありません」

「いや別に。あー……雪也ならよかったのにと思ったが、これは仕方がないんだな?」

自分でも未練がましい言い方だと思う。鮎が笑いを堪えているのが腹立たしい。魚類め。

透流は神様にあるまじき険しい表情で舌打ちをすると、「どこへ行く」と尋ねる。

「どこって、俺が透流様を連れて行く場所は一つしかありません」

「明日は大晦日で、いろいろと忙しい身なんだがな」

「ごろごろと寝転がっていたのに?」

「考え事だ」

「…………気分転換をしましょう。きっと楽しいです」

鮎の笑顔が胡散臭い。

透流はますます顔をしかめて、「楽しくなかったらどうする」と文句を言った。

人の子の乗り物はまどろっこしい。

神であれば神力でどこにでもすぐにいける。出雲にも、以前はそうして行ったものだ。

そういえば、そろそろ出雲にも顔をみせなければならないな。あやつらは、俺が「人の子、しかも赤ん坊を育てられるのか?」と興味津々だった。証拠を見せておきたいし、これからのことも言っておかねばなるまい。

大事に育てた人の子のことを考えながら、透流はのんびりと歩く。

「おい、この道は知っているぞ」

「はい。透流様」

「梅花の店は今やっていないだろ」

「はい。でも、夜に貸し切り営業があって、雪也が梅花さんと一緒に料理の下ごしらえをしているんです。コーヒーぐらい飲ませてもらえると思います」

「俺は茶か酒がいい。コーヒーは口に合わない」

「まあまあ」

思わず歩みが遅くなる透流だったが、鮎に「私に引き摺られたいですか?　透流様」と笑顔で言われたので仕方なく歩く。

神なのに、こんな、本のページをめくりたいのに指が滑ってめくれない、そんなイライラした気持ちになるのはどういうことだ。いやこれは、イライラというよりもドキドキか？　なぜ心臓が激しく脈打つ。この余波で年末に透流川が氾濫(はんらん)したら大変だ。

感情がコントロールできない神など、ただの自然災害だ。出雲に呼び出されてしまう。

「いや、俺は……」

分かっていたはずだ。

「透流様？　どうしました？　店はすぐそこです」

鮎が振り返って小首を傾げる。

「いや。さて、雪也が働いているところを見るとしよう」

「ええ、見てあげてください。頑張っている姿を」

にっこり笑う鮎に、透流は澄まし顔で答えた。


「こんにちはー」と梅花に声をかける鮎の後ろについて、店内に入る。

雪也は真剣な表情でスツールに腰掛け、ナイフを使ってジャガイモの皮を剥いていた。

多少のぎこちなさは残るし、皮は少々厚めに切れているが、それでも、見ていてヒヤヒヤすることはない。

　ふと、雪也がいきなり手を止め、顔を上げてこっちを見た。

「隠れていても分かります。透流様。鮎さんの後ろから出てきてください。というか、隠れていても丸見えです」

「……別に隠れていたわけではない。人の世界での雪也の仕事振りを見ておこうかと思って」

「もう少し頑張れば、こっちの世界でも問題なく暮らしていけます。なので、透流様が心配することはまったくありません」

　雪也はまたすぐに視線をジャガイモに移し、皮を剥く。

　その物言いと態度に、透流の右眉がピクリと上がった。

「…………お茶、淹れます」

　自分でも悪いと気づいたのか、雪也は手を止めてカウンターの中に入る。

「何を拗ねているんだ？　雪也」

「明日は大晦日だというのに、ここで何をしているのかなと思っただけです。神様なのにお仕事を怠ける(なま)なんて……」

「怠けていない。仕事の前にお前の顔を見ておこうと思った」

「鮎さんに連れてこられただけじゃないですか？」

「鮎がここに来ると言ったから、俺もついてきた」

　これはもう、嘘も方便。傷付かない嘘ならば、それはすでに嘘ではないと、神様は心の中で断言する。

　その証拠に、雪也の頬が真っ赤になった。可愛い。

「俺に会いたくて、来てくれたんですか？　わざわざ、電車に乗って？」

「そうだ」

「そうですか。人の子は元気に人の世界で生きています。神様は俺だけを心配しなくても大丈夫です。なので、お茶を飲んだら社に戻られるのがいいと思います」

「俺を追い出したいのか？」

「違います。……俺がいつまでも引き留めていたら、眷属に迷惑がかかります。透流様はみんなの神様ですから」

　急須と湯飲みに湯を入れて温め、棚から茶筒を取りながら言う。

　頬を染めているのに、視線も合わせずに言うのが、気に障った。

「確かに俺は神だが」

「はい。今から美味しいお茶を淹れますので、待っていてくださいね」

　ようやく顔を上げたと思ったら、今にも泣きそうな顔で微笑んでいる。

　解せぬ、と、透流は腕を組む。

「雪也。俺に言いたいことがあるなら言え。聞く耳は持っている」

「あなたは神様ですから」

「そうだとも」

「俺一人の言葉だけを聞いてはだめです」

「おい」

透流はバンバンとカウンターを叩き、眉間に皺を寄せた。

梅花と鮎が「透流様、落ち着いて」と宥めるが、「うるさい」と両手で払いのける。

店内に飾られていた花瓶の花が、瞬く間に枯れ落ちた。蕾だったものは大輪の花を咲かせる。

冷蔵庫に入れる前の卵からは、なんとピヨピヨとヒヨコが生まれて「無精卵でも関係なしか」と梅花が感心した。

鮎が慌てて、ピヨピヨと鳴きながら作業台をうろつくヒヨコたちを両手に掬って、オブジェとなっていた大きなカゴに移動させる。

「神様はみんなのものです。……違うか。多分、正確には、きっと、誰のものでもない。だから、欲張っちゃだめなんです」

「もっとこう、まっすぐ言え。俺に願をかけに来る人の子のように、分かりやすく」

「そんなこと……できるわけないじゃないですか！　恥ずかしいです！」

雪也は耳まで赤くして、両手で茶筒を持ってシェイクする。

梅花が「それ、凄くいいお茶なんだからやめてくれ」と言って、ようやく雪也の奇行は止まった。すみませんと言って茶筒をカウンターに置く。

「ずいぶんと我が儘を言うようになったが、俺がお前に人の世界に行けと言ったからか？」

「……そうかもしれません。だって、透流様が俺だけの透流様ではないと再確認させられましたから。だから雪也は、『素直ないい子』ではいられなくなったんです」

「愛らしいのは褥の中だけということか」

「そんなの、俺には分かりませんっ！　恥ずかしいのでよく覚えてないし、噛まれて痛いし」

首や肩を震える手で撫でさすりながら、雪也は首を左右に振った。

自分に噛まれたところをそんな風に触れるとは、なんとも愛しい人の子だ、と、透流は思わず目を細める。

「俺だけ噛まれるなんて……不公正だと思います」

文句は可愛くないが、それでも、雪也の言葉だと思えば腹が立つことはない。

透流は、雪也が自分から視線を逸らしたまま、温めるために茶器に入れていた湯を捨てて、急須に茶葉を入れて湯を注ぐ様を見つめ続ける。

一時、茶のいい香りがカウンター周辺を包み込んだ。

新緑の中に迷い込んだような、深い緑の香りが心を落ち着かせていく。それは神様も同じだった。

「どうぞ」

小さな湯飲みにまずは一杯。

雪也に入れてもらった茶を飲んだ。透流は小さく頷いて、「上手くなった」と褒める。

「……ありがとうございます」

褒めてやったのに、雪也は透流の知っている笑顔を見せない。なんなんだ、この子は。

「お前、社から出て数週間かそこいらで、ずいぶん変化したな？」

「え？」

「その顔はなんだ。いつも俺の傍で嬉しそうにしていた時の顔はどうした？　まるで昔から人の世界で育っていたような、普通の人の子の顔だ」

一体何を拗ねているのか。こうして会いに来てやったというのに。それとも、二人きりで会うのがよかったのだろうか。そうすれば雪也は、可愛らしく甘えてくれるのだろうか。

透流は雪也の反応が気に入らずに首を傾げる。

「透流様がそれを言うんですか。人の世界に行けと言ったのはあなたです」

「俺はお前に、住む世界を選ばせようと思って、人の世界に行けと言ったのだ」

すべては愛しい人の子のためにしたというのに、どうして理解しないのか。

目の前に「いやいや」と首を左右に振る雪也を見て、透流は眉間に皺を寄せた。

「酷い神様です。俺は選びたくないのに」

「自分で住む世界を選べなければ、心が淀む。自分の住んでいる世界を呪う。死ぬまで辛い思いをするのはお前だ。だから俺は、お前のためを思って言った。どれだけお前が大事なのか分かるか?」

「透流様の、その『大事』のせいで、俺は今最悪です。透流様を恨むほどです」

大事に大事に育てた子供に、「恨む」とまで言われた。

透流は一瞬、言葉に詰まる。

「こら雪也」

これには鮎が口を挟んだ。

梅花も「これが不敬程度で済むならいいんだが」と、雪也を窘める。

「……『好きだ』と言っても、あなたには伝わらない。神様だから人の子の気持ちが分からなくて当然だと思います。俺が納得しなければならないのも分かっています。でも、気持ちを切り替えることができません」

それきり、雪也は何も話さず、ずっとジャガイモの皮むきをした。


透流は怒っていた。こんな不愉快な気分は、大昔、何の手順も踏まずに社の移築をしようとした神主に天罰を落とした時以来だから、ずいぶんと久し振りだ。

仕込みが済んだ雪也は、何も言わずに自分の部屋に戻ってしまった。

残された三人は、こうして店内でお茶を飲んだり菓子を食べたりして時間を潰している。

「意味が分からん！」

「俺はこっちに住んで長いので、それなりに理解しております。これは、透流様が気にすることではないと思います」

梅花が、ずいぶんのんびりと言った。

隣では鮎も頷く。

「なんなんだ、お前たちは二人とも」

「雪也のアレは、人の子特有の、独占欲と嫉妬というものです。人の子同士であれば、大抵はどうにかなるものなんですが、あなたは神様ですから。神様を独占することなどできません。だから、堂々巡りなのです。自分でもそれが分かっていて、でも納得できないから、ああいう態度になってしまうんです」

梅花は「茶葉を替えますね」と新しい茶葉に取り替え、湯を入れ、軽く蒸らしてから二人に振る舞う。

背後のオーブンから、チーズの焼けるいい匂いがしてきた。

「俺がどれだけ大事にしているか、分かっていないのか。違うだろう」

呼ばれて、命ごと拾い上げ、育てて、慈しんだ。

褥の中でも望むままに与え教えた。

人の子の肌が愉悦に染まり、喘ぐ姿が愛らしくてたまらなかった。

唇で舌で指先で触れ、愛撫し、歓喜に打ち震えて嗚咽を漏らすのを見下ろした時、背筋からぞくぞくとした薄暗い感情がわき上がるのを止められなかった。

こんなに大事にしているのに、だと？

愉悦に翻弄されて泣きじゃくっていた雪也の首筋に噛みつき、所有の印をつけようとした己は何者だ。

透流は渋い表情で茶を飲み、「何も言わずに、答えも聞こうとせずに、できないと思っているのか、雪也は」と言った。

「あなたは雪也の世界そのものです、透流様。拒否されたら雪也は世界を失ってしまう。それはとても恐ろしい」

「俺が、雪也を拒否などするか。あれが望むなら生涯手放さずに傍に置く。人の世界で暮らしたいというならさせてやる。俺は雪也が大事なのだ」

それが正当な理由だと、胸を張る。

「あなたの周りにいる他の眷属と同じように、ですね。透流様」

梅花が困ったような表情を浮かべて微笑む。

透流は「うぐ……」と低く呻き、カウンターテーブルを叩いた。

「俺たちは、あなたが何をどう決めようと、変わらず付き従います。それが眷属というもの」

鮎の、囁くような言葉に、それまで陰に潜んでいた小さな眷属たちがそろそろと顔を出し、みな口々に「わたくしたちは、透流様をお慕い申し上げております故」と言った。

「つくづくお節介な眷属だな、お前たちは。俺は神だぞ？　神が、たった一人の人の子に執着しようとしているのだぞ？　それでいいのか」

すると梅花と鮎、小さな眷属たちは「ふふ」と嬉しそうに笑う。

それがきっと、眷属たちの答えなのだ。

「……出雲にはなんと言う？　くそ！　人の子に惑わされたのかと、他の神々から俺は笑いものだ。くっそ！　ああもういい！　それがどうした！」

目を閉じ、耳を塞いで、都合のいいように動いた。

自分は神だから、それでいいのだと、己で己を縛り付けた。

だがどうだ、一年離れるどころか、一ヶ月も持たない。大事で、触れたくて、顔を見たくて、声が聞きたい。触れてほしい。匂いが分かるほど傍で。ずっと。

「俺が……」

俺がお前の傍にいたいのだ。

お前の笑顔を見て安心して、お前に触れて愛を知り、人の子の信仰にたり得る存在なのだと確認したい。

雪也、と、透流は唇を動かした。

「何が良縁結びの神だ。自分の縁さえまとめられなかった。二人とも笑うがいい」

「まさか！」と、梅花と鮎は真顔で答える。

「そうか。では、俺が俺を笑おう」

そう言って、透流はその場から溶けるように消えた。


正月は一人で過ごすつもりだった。

鮎が様々な食材を買いだめしてくれていたし、テレビもある。よしこれで三が日は自堕落な生活ができるぞ……と思っていたのに。

元日の昼間に玄関のチャイムが鳴った。無視していても、ガンガン鳴った。

しまいには「雪也くーん！」という声と共に、ドアを和太鼓のようにノックされて、慌てて玄関に走った。

「きちゃったー！」

正月から元気な花畠は、気持ちのいい笑顔で「あけましておめでとうございます。今年もよろしくお願いします」と挨拶をする。

眉間に皺が寄っていた雪也は、毒気を抜かれて「あけましておめでとうございます。今年もよろしくお願いします」と、花畠の挨拶に倣う。

「梅花さんが、ちらっと零したんだよね。雪也君が実家に帰らないって。だから、一緒に初詣でもどうかなと思って」

「……大晦日からずっとお店の人と飲んでるんですよね？　体、大丈夫ですか？」

「へーキ。さっき店に飲みに来た友達と初詣してきた。だから今度は雪也君と行く。というか、一緒に行ってくれると嬉しいんだけどー」

　無邪気な笑顔を見せる花畠を見て、雪也は小さく笑った。

「そうですね。じゃあ、行きましょう」

　ここにいるからといって、透流が来てくれるわけでもない。正月の神社はいつにも増して忙しいのだ。


「この神社知ってる？　悪縁切りで有名なんだよ。あとは、あれだ。良縁結び。今年の正月は、いつにも増して人が多いね。そんなに悪縁を切りたいのかな」

　花畠が笑う横で、雪也は作り笑いを浮かべた。

　なんでここに初詣？　初詣なら、もっと違う神社があったじゃないか。恥ずかしい。みんなこっちを見て手を振ってるし。

眷属たちが「雪也だ」と言って、いたるところでふわふわと浮きながら手を振っている。

ささやかに手を振り返していると、「どうしたの?」と問われた。

「いや、なんでも、……ところで花畠さん。なんでここに連れてきたんですか?」

「ここのお札が凄く効くって話を聞いたから。ラグラス用に、梅花さんに頼まれたの。でも俺、正月早々一人で出かけるのは嫌だったから君に同行をお願いしたわけです」

「はあ。だったら、お札を買ったらすぐに帰るんですね? 俺、こんなに人がいっぱいいて騒がしいの、あまり好きじゃないんです……」

「店のバータイムじゃないのに? 人に当てられちゃうのかな?」

「多分、そう。しかもこの人たち……まだお参り前だし」

鳥居を通っても、落ちない穢れがついているのが見える。

気持ち悪い。

「向こうで神楽があるみたい。巫女さん可愛いね! 行こうよ雪也君」

「俺は行きません。人混みに酔う。お札を買いますお札」

さっさと社務所に向かい、長蛇の列に並ぶ。

事務方が「御朱印はこちらです」と一番端の列を指さして叫んでいた。

……お札を買うなんて生まれて初めてだ。なんか、変な感じ。

参拝客たちのお目当ては悪縁切りのお守りらしく、護符の列は意外にすんなり進む。

想像していたよりも高い金額に内心驚きながらも、店に飾るのだからと一番立派な護符を買い求めた。

背後でクスクス笑われたような気がしたが気にしない。きっと眷属の誰かだろう。

一応、花畠はどこにいるのかと捜したら、彼は良縁結びの可愛いお守りを買っていた。桃色の巾着で、鶴の刺繍がしてある。

「可愛いよね。はい、君にもあげる」

いや、それはちょっと。いりませんいりません。

雪也は首を左右に振るが、強引にジャケットのポケットに入れられてしまった。

「さて。帰る前に、お汁粉と甘酒、どっちがいい？　日本に来て飲んだことある？　今の時期なら甘酒がオススメかな？」

そういえば自分は、帰国子女の設定だった。すっかり忘れていた。

「甘酒……かな？　美味しそう」

「よし。じゃあ、参道下の酒粕の店に寄って甘酒を飲もう。美味しいらしいんだよ、その店」

ほんとはよく知ってる。甘酒と、上等な酒粕を奉納してくれる店だ。眷属たちが喜んで調理してくれる。甘酒に粕漬け、こんがり焼いた酒粕も旨い。

毎年正月に飲んでいた甘酒の味を思い出し、雪也は「飲みたいな」と言った。

一緒に飲みたい相手は別にいたが、今は花畠に誘ってもらったことを喜ぶことにする。

「よし。じゃあ行こう！」

参道から神社へ向かう道は、ますます混んでいく。

社の中も、今日から三が日はとてつもなく忙しいだろう。何せ、人の子の願いは正直で注文が多く面倒臭い。

透流は今年も、丹頂が選(え)りすぐった願いの札を見ては、「なんだこの願いは！　くだらん！」と怒っていることだろう。

……やっぱり、会いたいなあ。

年末に気まずい別れをしたきりだ。

でも、何をどう謝っていいのか分からない。こんなに好きなのに、そのうち嫌いになってしまいそうで辛い。

鳥居がどんどん小さくなって、人混みに弾き出される。

「はい、甘酒。ショウガが少し入ってるから、いい匂いがするね」

目の前に差し出されたのは、取っ手のついた紙コップに入った甘酒だ。

「あの、ありがとうございます」

「店の中にイートインがあったけど、お客さんでいっぱいだったから。外で飲んでる人も多いから、まあ、いいかなって」

確かに、店の周りには紙コップを持って「ふうふう」と口を動かしている客が大勢いる。

「いくらですか？」

「ん？　いやいや、俺が飲みたかったから一緒に飲んでもらっただけだよ。気にしない気にしない」

「……………ありがとうございます」

「温かくて甘い物を飲んで、少しは元気になった？」

「え？　元気って？」

「だって、参道を歩いてる時、寂しそうな顔をしてたから」

「あー……、その、俺大丈夫です。気を使わせてしまってごめんなさい。花畠さんって、ほんと、声が大きくてうるさいのに気が利くし」

「俺、何気にディスられてる？」

「え？　ディス？　よく分かりませんが、女性が放っておかないだろうなって思います」

するとと花畠は微妙な表情を浮かべて首を左右に振った。

「君がそれ言っちゃうの？　だったら俺と付き合おうよ」

「前後が繋がってないです」

「梅花さんや鮎さんは怖いけど、俺、やっぱり雪也君と付き合ってみたいな。付き合ってみてだめだったら、その時別れればいいと思うんだよね」

人の子の恋愛は、そういうものなのだろうか。

雪也は真顔で甘酒を飲みながら思う。

「いろんなところに連れて行ってあげられるし、一緒にいろいろ楽しめると思うよ？」

「なんで俺なんですか？」

「いつも寂しそうにして、構ってほしそうな顔をしてるから、気になっちゃって」

そんなみっともない顔をしていたのかと思うと、恥ずかしさのあまり、穴があったら入りたい。自分が情けない。

雪也の眉間にきゅっと皺が寄る。

「失恋でもしたのかと思った。ほら、今までヨーロッパにいたんでしょ？　だから、大事な人と別れてきたのかなって。だったら、今度はこっちで相手を見つければいいよね？　男女にこだわらないなら、俺は最良の物件だと思うんだ。どうでしょう」

そう言って、花畠は甘酒を飲みきる。

確かにそうだろう。でも。

雪也は小さく笑い、「ごちそうさまでした」と言って空のカップをゴミ箱に放った。

「俺、恋とか愛とか……そういうのはよく分からないので」

分からなくはない。多分知っている。けれど、こんな辛い思いをするなら、相手は一人で充分だ。次から次へと別の人……なんて考えられない。

雪也は透流の顔を思い出して、愛しさで泣きそうになった。けれど必死に堪える。

「そういうのは、俺が教えてあげられると思うよ」

「本当に、今は考えられません。……すみません。まずはこのお札、早くお店に持って行きましょう」

「あらー……俺のことは後回しか。仕方ないね」

花畠は簡単に引き下がり、「駅はこっちだよ」と、反対方向に行こうとした雪也の腕を優しく掴んだ。


年が明けるまで騒がしかったラグラスは、今はすっかり静まりかえっていた。

いや、たんまりと洗い物が残っていた。それと掃除だ。

「……元日の予約がなくなって、俺は正直助かっている。オーナーは一人で怒っていたが、それは仕方がない」

梅花は大きなあくびをして、寝癖のついてしまった髪を直すように両手で掻き上げる。

「店が酒臭いです」

「ああうん、朝の八時までみんなが飲んでいたからね。俺はその後、三時間ほど仮眠した。でも、まだ眠い」

「お札買ってきました。あと、梅花さん寝てください。俺、何も用事がないから洗い物と掃除をしておきます」

雪也はぼんやりしている梅花にお札を渡し、マフラーとジャケットを脱いでカウンターに置き、セーターを腕まくりした。

「いやいや」

「いくら眷属でも、無理はいけないと思います。ゆっくり寝ててください」

小声でそう言ったら、梅花は「仕方がないな」という表情を浮かべて、雪也の頭を撫でる。

「じゃあお願いするよ。俺、地下の仮眠室にいるから。それと、花畠君、お札をありがとう。今日はもう帰っても大丈夫だ。正月はゆっくり休んでくれ」

梅花は言うが早いか、伸びをしながら階段を下りて地下に行った。

「では、花畠さん。あとは俺がどうにかします」

「手伝うよ。ゴミの仕分けもしなくちゃだめだし、瓶も洗わずに放置してたら虫が湧く」

「遊びに行かなくていいんですか？」

「みんなで集まるのは、明日からなんだよ。だから、今日は一人で初詣のあと暇だったの。いつも忙しいとさ、予定が入っていない日があると怖くて」

「はい」

「だから、ここにいさせて。掃除する」

　花畠の手が肩に乗る。

「スキンシップは嫌い？」

「……俺、好きな人がいるんで、その人にならら触られてもいいと思ってます」

「待って。なんで今、それを言うのかな？」

「俺にも分かりません。でも、こういうことは言わなくちゃだめなんですよね。俺が片思いで、あの人にどんなに気持ちが伝わらなくても。寂しい顔をしてるからって違う人と付き合う理由にはならない」

「うん。今は泣きそうな顔になってるよ。そんなに好きなの？　向こうに残してきちゃった人？」

　雪也は小さく頷いた。

　間違ってはいない。ただ、「向こう」というのが人の世ではないだけだ。

「俺の命を拾ってくれた人で、信じられないほど綺麗で、それで、俺をとことん甘やかしてくれて……最高すぎて。ほんと、俺にはもったいないくらいの凄さで、でも、俺がどんなに好きでも、あの人は俺だけを見てくれなくて……。そういう理由はあるんだけど、もうそんなのふざけんなって思ってます。だったら俺のことを放っておいてくれればよかったんだ。そうすれば、ここまで悩むこともなかったのに。俺のことを好きじゃないならちゃんと振ればいいのに！　俺は傷付いたりしない、いやそれは嘘。傷付きますけど、でもスッキリもすると思う。だから俺に優しくするなってんだ！　バーカ！　……言っちゃった、バカとか。嘘です。バカじゃないです！」

まさに立て板に水。

雪也は一気にまくし立てると、「はー！」と力を込めて息をつく。

「物静かだと思っていたけど、結構激しいものを抱えてるんだね。お兄さん、少しだけ引いてしまった」

花畠は「あはは」と乾いた笑いを浮かべる。

「すみません。言いたくなってしまったもので。穴を掘って、『王様の耳はロバの耳』みたいに言えばよかった」

「うん。でもさ、その人のことが凄く好きなんだね。俺が軽く、雪也君のことが好きだよって言っちゃいけない気がした」

「俺………重すぎるみたいで……。重い恋はだめなんですか？　花畠さん。嫌われますか？」

「受け止める相手の度量、かなあ……」

「それは問題ないと思うんですが、なにせ俺は、あの人が愛する不特定多数の一人なんです。どうしたら特別になれるんだろう。特別になりたい！　なりたいっ！」

その場で両手を振り回して、手の平をカウンターにぶつけて苦悶する。

「わー……おちつけー……」

花畠にポンポンと背を叩いてもらっても、なかなかクールダウンできない。

「部屋に戻った方がいいよ。そんなテンションのままだと、何枚皿を割ってしまうことか。ここは俺に任せて」

「でも！」

「お願いだから、ね？」


部屋に戻ったはいいが、誰もいないし正月のテレビ番組は面白くない。

ごろごろと転がっているうちに寝てしまい、腹が減ったと目を覚ます。

まるで獣だ。

「やっぱり、俺……」

愚痴を言っても怒っても、透流の傍にいたい。

雪也は再びジャケットを羽織り、マフラーをして部屋を出た。

正月はみな夜遅くまで出歩いていて、通りが明るい。

電車に乗ることももう慣れた。

降りて参道を小走りに行くと、大きな鳥居が目に入る。

夜の参拝客はカップルが多く、みなしっかりと手を繋いで神社に向かっている。

これ以上の良縁を求めてどうすると突っ込みが入りそうな連中だが、人の子は欲張りだから仕方がないのだ。

提灯を模した照明で照らされた透流神社はたいそう幻想的で、雪也はその美しさに見惚れた。

「俺は、ここの社で暮らしていたんだ」と感慨深さもひとしお。

朝来た時とはまた違った雰囲気だ。

人混みに紛れて眷属たちが遊んでいる。人の子を真似するのが上手いのは子狐たちだ。

彼らは雪也を見つけると駆け寄ってきて「手袋使ってくれてる！」と、雪也がはめている手袋を見て喜んだ。

「お前たち、ここで遊んでいていいのか？」

「俺たちはすることがないから、透流様が遊んでおいでって。人の子の恰好は面白いね。雪也も同じ恰好だ」

きゃっきゃと境内を駆け回る、人に模した子狐たち。

屋台のベビーカステラを買っているのも眷属だ。向こうには、焼きそばの屋台に目が釘付けになっている眷属もいる。

ざわざわとざわめく境内には、人の子は半分もいなかった。

巫女装束で走っているのは眷属の岩魚で、そういえば、いつも鮎に食ってかかって軽くあしらわれていた。

交差する光が影を作り、そこから小さな眷属たちが溢れ出た。

「雪也が戻って来たよ」「お土産はないの？」と言いながら、ふわふわと綿埃のように飛んでいく。

上を向くと神木があった。あけましておめでとう、今年もよろしくと言われたので、こちらこそお願い致しますと言った。

この境内は、透流のいい匂いに満ちている。

雪也は急に胸の奥がきゅっと抓られたように痛くなった。

「俺、帰りたい」

俺のことだけを好きでなくてもいいから、透流様の傍にいたい。一つの布団に寝て、抱き締めてもらいたい。俺があなたを好きなだけでいいから。

泣きそうになった。

元日の「今年もよろしくね」と見つめ合って微笑んでいる人の子たちの中で、自分だけが顔をくしゃくしゃにして目に涙を浮かべている。

俺のこと、一年も人の世界に置いておかないで。寂しくてきっと干からびて死ぬから。現に一ヶ月かそこいらで音を上げている。

「俺は社を選びます。透流様と一緒に、ずっと一緒に……社の中で暮らしたいです」

選びました。二つの世界から俺は、ちゃんと選んだんです。俺の住まいはここです。

通りすがりのカップルが肩にぶつかった。

痛くないのに、唇を噛みしめていないと涙が溢れそうだ。

「バカな人の子がいる」

背後から、そっと抱き締められた。

一瞬で二人きりになり、梅の花が咲く。

辺りは初春のいい香りと愛らしい花びらで満たされた。

「ごめんなさい。バカです」

「もう人の世界はいいのか?」

「はい。俺は、社で暮らしたい。透流様の傍がいい」

「それを選んでいいのか?」

「だって、俺は透流様の傍にいたいから。……もういいんです。俺は透流様が好きだということは真実なので。俺は自分に正直になります」

途端に、自分を抱き寄せる透流の腕が強くなった。

「……透流様」

「ならば」

耳元に透流の低く掠れた声。

心なしか震えている気がして、雪也は目を見開く。

「ならば、俺の傍にいろ……。もう二度と離さない。人の世界に戻りたいと言っても絶対に戻さない。俺と社の中で暮らすのだ。……お前は、俺の特別な人の子だ」

神の宣告に衝撃を受けた。

「特別って……特別って？　どういう特別ですか？　俺、どう受け止めれば……っ」

雪也は慌てて体を動かし、透流と向き合う。

「お前だけを贔屓（ひいき）するということだ。神の俺が、たった一人の人の子を贔屓するのだ。これがどれだけ素晴らしいことか、お前は分かっているのか？」

まるで怒っているような剣幕で、透流がそう言った。

「うそ」

「神が嘘をつくか、馬鹿者」

「すみません。だって、透流様が俺のこと……」

「俺も大概、建前が多かった。お前に対する執着は、自分でも度を越していると思っていた。だが……いや、もういい。俺はお前だけのものになってやろうと決めた。俺の心はお前のものだ。出雲に行ったら、みなに笑われる覚悟もした。お前のために滅んでもいいとさえ思う。どうだ？　恐れるか？　俺を」

「う……っ」

　雪也は透流の胸に顔を押しつけ、涙を零す。

「怖くないです……っ。俺は、透流様の、ものですっ。俺も一緒に笑われに行きます。一緒なら、きっと、恥ずかしくないですっ」

「またそういう可愛らしいことを言う」

「こんな正月なんて……嬉しくて、俺……っ。透流様、俺、透流様が大好きです。俺の心はあなたのものです。俺は丸ごとあなたのものです。だからもう、どこへもやらないで」

「当然だ。お前が愛しい。もし神力をなくしても俺の傍にいてくれるか？」

「何を当たり前のことを言うんですか……っ！」

　ずっと二人で一緒です。

　その気持ちを伝えようと雪也は顔を上げ、背伸びをして透流の唇に自分の唇を押しつけた。

まるで初夜のように、着物も布団も純白で、雪也は頬を染めた。

「ああ、まだ俺の歯形は消えていないな」

「………痛かったです。でも、この傷を付けてくれて嬉しかった。俺も、その、傷を付けていいですか？　透流様を噛んでもいい？」

首筋に顔を寄せ、ぺろりと舐める。

すると透流は低く笑って好きにしろと言ってくれた。

ならば。と。

雪也は透流の右肩にがぶりと噛みつく。どこまで力を入れていいのか分からずにカプカプと噛むだけになった。

当然、歯形など残らない。

「う……」

「もっとこう、潔く噛め。俺が許す」

「は、はい……っ」

頷いた勢いで歯を立てる。ぐっと力を入れたら、口の中が鉄臭い匂いでいっぱいになった。

そっと口を離すと、そこにはうっすらと血の滲んだ歯形がある。

傷ができた。

「俺が、付けた傷が……透流様にある。俺の付けた傷」

途端に心臓が激しく脈打ち、下腹に熱が湧いた。

たまらない。神様に傷を付けた。

「天罰が下ります」

「下るか。俺がいいと言ったのだ。この傷は残しておく。お前の可愛い歯形は俺のものだ」

「透流様、ありがとうございます。俺、嬉しくて、あと、その……もっと、いっぱい、俺、透流様の付けた傷がほしい」

言葉にするだけで感じてしまって恥ずかしいが、しかし、透流は嬉しそうに雪也を見つめている。

「どこまでもねだれ。そして俺に縋れ。俺がお前のものだと、確かめろ」

「はい、俺……いっぱい、透流様に触ります」

抱き締めながら、自分が傷を付けた首筋に舌を這わせる。

帯を乱暴に解かれ、温かな布の下に隠された体が暴かれていく。

互いが互いのものだと確認し合う行為は熱が籠もり、体は快感の虜になっていく。

指先で触れられているだけなのに、体は喜びに震えてふわりと赤く染まっていった。

「透流様……っ」

布団に押し倒され、足を大きく広げられる。

雪也の陰茎は腹につくほどの昂ぶりを見せて、透流を喜ばせた。

「もう我慢できずにとろけさせているのか？　ここを少し苛めてやるだけで、雪也はすぐに喜んで泣く」

「あ……っ、俺……はしたなくて、ごめんなさい……っ」

けれど耳元に「そのはしたなさがいい」と囁かれて、声が上擦（うわず）る。

それだけで達してしまいそうになる。

「雪也、俺はお前のものだ。お前だけのものだよ」

透流の優しい声。

返事をしようとしたら、彼の唇で自分の唇が塞がれた。

そこから先はもう、「恋人たち」の甘い時間となる。

興奮して熱くなった口の中を舌で愛撫されると頭の中が快感で真っ白になった。気持ちがよくて、腰が揺れる。

「んっ、ふ、ぁ……っ、あ……」

「雪也、ほら」

二人分の唾液をこくんと飲み下して、またそっと口を開けると、今度は指が入って来た。

雪也は透流の指に舌を絡めて、丁寧に舐めていく。神様の指をちゅっと吸い、甘噛みをしては舌でねっとりと舐める。

「お前は本当に可愛い」

透流が嬉しそうに目を細め、唾液で濡れた指で雪也の胸を撫でた。

そこはすでに硬くなり、乳輪はふっくらと膨らんで、透流に苛められるのを待っている。

「透流様……俺、そこ、弄られると、切ないっ」

「素直に感じて喘ぎなさい。俺に可愛がられて身悶えるお前を見たい。思う存分、感じて、はしたない姿を見せろ」

「そんな……、あ、んんんっ、あっ、だめ、だめです、本当に……っ、引っ張っちゃやだっ」

硬くなった乳首をコリコリと指で弄られて、きゅっと引っ張られると、背中から尾てい骨に甘い電流が走る。

足をぴんと伸ばして力を入れてしまう。

体が勝手に絶頂の準備をした。

「ひ、ぁ、あああ、あ、あ、あっ、だめ、そんな、俺、腰、透流様、恥ずかしい、です、恥ずかしい……っ、乳首、気持ちよくてっ」

両方を一度に引っ張られたかと思ったら、今度は押し潰すようにして胸全体を強く揉まれる。

透流に見下ろされて喘ぎ、腰を揺らして鈴口から雫を垂らした。

「人の子は堪え性がない。もう気をやるのか？　今夜は、お前を休ませるつもりはないのだぞ？　雪也。改めて俺に奉納されたお前は、俺に食い尽くされるのだ」

「は、はい……。分かっていますっ、でも、も、我慢、できなくてっ」

「ならば我慢させてやろう」

透流が体を起こし、自分の髪を一本抜いた。

彼が何度か指先で撫でると、美しく光る細く長い棒となる。

「な、なに……？」

「これで、お前の精が零れぬようしっかりと止めてやる。動くなよ？」

先走りでぬるぬると濡れている陰茎を掴まれ、鈴口に棒をあてがわれた。

「透流様……、俺、こわい」

「苦痛はないから安心しろ」

そうは言われても、異物を挿入するにはあまりにも細い場所で、雪也はそっと体を起こして、目尻に涙を浮かべてそれを見つめた。

「あ、あ、あ」

尿道に、細い棒がそっと差し込まれる。確かに苦痛はない。それどころか、ぞわぞわと内部からくすぐられるようなもどかしさに、思わず吐息を漏らす。

「中で、動いてます……っ、あ、やだ、なんだこれ」

「それもまた、お前を可愛がりたい俺の一部だと忘れるな。中からお前をよがらせてやる」

「ひ、ぐっ」

確かに、キラキラと光る細い棒の端は雪也の鈴口にぴったりとはまり、尿道を伝って内部から責め立ててくる。

「あ、中、中から、透流様、俺っ」

快感が乳首の比ではない。

小刻みに腰を揺らすたびに、尿道に差し込まれた棒が中から刺激を与えてくる。射精感を煽るのに射精できなくてもどかしい。

暑さを凌（しの）ぐ獣のようにハアハアと息を切らしていると、陰茎を軽く弾かれて背が仰け反った。軽く達してしまったようで、鈴口からじわりと先走りが滲む。

「透流様が、ほしい、です。透流様」

「まだだ。ほら、ここを可愛がってやるから声を上げろ」

ちゅっと触れるだけのキスを幾度ももらいながら、雪也は舌を出して透流の唇を舐める。

「可愛い」と囁かれ、わき腹から足の付け根をご褒美のように撫でてもらった。

嬉しくて嬉しくて、透流の背に両腕を回してから「すみません」と慌てて手を離す。

「何をためらう。ちゃんと俺にしがみつけ」

「はい。……………ありがとうございます」

おもむろに、透流の右手がするりと会陰を撫でた。

「ここも、いい場所だったな」

くいと押されて、悲鳴を上げた。

すると尿道を犯していた棒が蠢き、内部の敏感な場所に辿り着く。

「だ、だめっ、これだめっ、頭、おかしくなるっ、だめ、中で、押されてっ、あああ、外からも、押さないで……っ」

前立腺を中と外から同時に苛められ、雪也は歓喜で泣きながら腰を揺らしたが、揺れるたびに陰茎に差し込まれた棒が激しく尿道を犯した。その激しすぎる快感に、雪也は両脚を突っ張らせて体を震わせる。

「だめ、だめですっ、あああああああ、あっ、あっ、あっ、とけるっ、透流様、雪也の大事なもの、とけちゃうっ、気持ちよくてだめっ、だめだめっ」

「可愛いな。雪也の何がとけるって？　俺に教えろ」

透流が囁きながら、なおも会陰をぐいぐいと押して雪也に電流のような快感を与えた。

「恥ずかしい、です……っ、だめ、俺、も、透流様の指、気持ちよくてっ、あっ、ああっ、そんなところ、とんとんしちゃ、だめっ」

会陰を押されながら鈴口を指先で叩かれる。

もうだめだと言っているのに、透流の意地悪な指はさっきよりも強く責めた。

「ほら、このまま一度、精を漏らさずに気をやれ。ああ、こんなに可愛い顔を見せて、たまらないな雪也」

「透流、様っ、あっ、おちんちん、とけちゃう、も、いじめないで、とんとん、しないでっ」

涙を零しながら見上げると、透流は、雪也が初めて見る、信じられないほど嬉しそうな表情を浮かべていた。

「ん、いいぞ。とろとろに溶けてしまえ。俺の見ている前で、いやらしく絶頂しろ」

会陰を押されながら鈴口を強く叩かれた雪也は、まるで性交しているように腰を振りながら絶頂した。

言葉にならない声を出し、意識を手放そうとしたところで、再び鈴口を強く叩かれて悲鳴を上げる。

「いじ、わる、透流様の、意地悪っ、も、だめですっ、おちんちん、とろとろで、だめっ、なのに、指で、いじらないで、とんとんしないでっ」

「だめだ。お前が可愛くて抑えが利かない。どれだけ可愛がってやろうか雪也」

会陰から指が離れたかと思ったら、今度は後孔に移動する。そこはすでに快感で柔らかくなっていて、いとも簡単に透流の指を飲み込んだ。

「あ、あ、あ、中、気持ちいいっ、早く、ください。雪也の中に、透流様の神気、いっぱい、くださいっ」

「分かっている。お前にねだられて、俺が一度でも首を横に振ったことはないだろう？」

「は、い。透流様、大好きです。ずっと、透流様と一緒です。だから、いっぱい……可愛がってくださいっ」

ゆっくりと腰を掬い上げられて、一つに繋がる。

神様は人の子を傷付けることなく挿入を果たし、ゆっくりと動き出した。

「雪也の中、透流様でいっぱいです。嬉しいっ」

透流にしがみつきながら、雪也はぐすぐすになって泣き出す。

社の中で暮らしていて、こうして透流と同衾してきた。透流のお世話をするのは自分だけだからと、自らの気持ちにも気づかずにずっと。

けれど今は違う。

体だけでなく気持ちも繋がり、心の底から満たされていく。

「好きです、透流様、好き……」

「俺もだ。お前だけが愛しい。人の子にこんなにも執着するとはな。俺をここまで低俗な神に堕(お)として、雪也、お前にはどんな罰を与えてやろう」

透流がすっと目を細めて微笑む。

「いくらでも、ください。透流様の罰、俺……いくらでも、ほしい」

いい場所を突き上げられて、快感で意識が飛びそうになる。

陰茎を戒めている道具は、今も尿道を責めていて切ない。

「バカが。罰など誰が与えるか。今は、こうして、二人で」

透流が「思う存分、互いを堪能する」と囁いた。

「嬉しい。ん、んんっ、ああ、奥、奥に、透流様が、奥にっ」

嬉しくて下腹に力を入れたら、どうやら強く締めつけたようで、不意を突かれた透流が「ぐ」とくぐもった声を上げて動きを止めた。

「雪也、少し大人しくしていろ」

「ごめんなさい。俺、嬉しくて……」

「分かってる」

ようやく息をついた透流が、再び動き始める。

それに合わせて、雪也もぎこちなく腰を揺らした。

「透流様、気持ちいい、ですか？　俺、もっと動いた方が、いい？」

「ああ、もうだめだ。とことん優しく可愛がってやろうと思っていたのに」

透流の目の色が炎のように赤く揺れた。

雪也は息を飲む。

次の瞬間、信じられないくらい強い刺激と、凶器のような快感が瞬く間に背筋を遡っていった。

尿道に栓をされたまま、果てしなく絶頂を味わった。

奥を突き上げられるたびに達して、よすぎて泣いても許してもらえなかった。

今も、許してもらえない。

「もっ、透流様、雪也、だめっ、も、イけない、イけない、からっ」

美しい神様の体から滴る汗を受け止めながら、雪也は息も絶え絶えに懇願する。

「これだけ神気を注いだのだ。際限なく気をやれるだろう。早く、俺の見ている前で愛らしく乱れろ」

陰茎を弾かれ、尿道を叩かれるたびに、「ひぁ、ああ」と声を上げた。

分かってる。透流と繋がったままのこの体は、まだまだ気持ちよくなりたくて、疼いている。

陰茎を苛められて喜ぶなんて、こんなに恥ずかしい体だと思わなかったのに、今は、透流の指で弾かれ、叩かれるたびに俺をきゅっと締め付けるので腰を捩(よじ)ってしまう。

でもそうやって責められるのがとても嬉しい。

透流が好きで好きで、何をされても喜んでしまうのは、どうしようもないと思う。雪也の元来の性質なのだ。

「透流様、も、これ、取って、俺、出したい、です……っ」

今、尿道を犯している棒を取られたらどうなってしまうのか分からないが、いつまでも栓をされているのが我慢できない。

「そのままでも可愛い。俺は取りたくない」

「でも、俺、ここも、いっぱい、透流様に、触ってほしい」

雪也は透流の手を取って自分の胸に押し当てる。

「それと、俺も、透流様を、気持ちよく、したいです。させてください。俺ばっかり気持ちよくなるのは……」

言い終わる前に、口づけられた。

くちゅくちゅと唾液を混ぜて舌を絡め合い、互いの口の中をたっぷりと味わう。

心地よさに体の力を抜いたところ、透流の指が陰茎をゆっくりとなぞった。

散々射精を堪えたそこを、指の腹で軽く叩かれて「あ、あ」と喘ぐ。

優しい振動が、達しすぎて過敏になった体に丁度いい。ふわふわと気持ちがいい。

「これ、好き、です。気持ちいい」

「そうか」

とんとん、と、優しく尿道を叩かれて、指の腹で撫で回されて、淫(みだ)らな熱が体の中を駆け巡る。きゅっと中を締め付けたら、透流が低く笑った。

気持ちのいい声に「ふ、は」と声が漏れる。

次第に強く叩かれて腰がひくつく。またよがり泣きしてしまう。腰が疼いて、たまらない。

「ぃ、あ、ああ、あっ、また、イくっ、おちんちん、とろとろなのに、また、とんとんされてっ、中で、イくっ、イク、イくっ、とんとんして、透流様、とんとん、いっぱい、強く叩いて、いっぱいしてっ、ああああああっ」

達したと同時に尿道の栓を勢いよく抜かれた。

神経が快感で焼き切れるかと思った。

悲鳴を上げ泣き喚き、透流に押さえつけられながら、陰茎から精液を垂れ流した。

「止まらないっ、止まらないっ、あああ、も、だめっ、出る、出るから、も、いっぱい、出ちゃうっ」

信じられないほど大量に精液を溢れさせたあと、解放感から漏らしてしまう。

「あ、あ、だめ、また、俺、漏らしてる、おしっこ……漏れてるっ」

我慢していたものが一度出てしまうと、自分ではどうにもできない。

雪也は、透流の見ている前で失禁し、恥ずかしいのに興奮してしまい、小さな声で喘ぐ。

「まだまだ、いけるな？　俺はお前を存分に堪能するぞ？」

「透流様、俺を、いっぱい可愛がってください。はしたないこと、恥ずかしいこと、いっぱい、させて。俺、透流様のために、なんでもしたい、です」

ならば、と、透流が嬉しそうに笑う声が聞こえた。

透流が嬉しいと自分も嬉しい。

雪也は透流を見上げ、そっと右手を伸ばすと、彼の腹筋に触れた。

目を覚ますと、隣に透流がいた。

彼は体を起こし、雪也の顔を見つめていたようだ。

「お、おはよう……ございます、透流様」

昨日は、どうやら途中で気を失ってしまったらしい。気づくと、体は綺麗に清められ、布団も新しい。

おそらくは眷属がしてくれたのだろうが、それを思うとまた恥ずかしかった。

「おはよう。お前の寝顔が可愛くてずっと見ていた」

「そうですか……。ありがとう、ございます。嬉しい、です」

透流の眼差しがとても柔らかくて、愛されていることを実感する。

心の中がじわりと温かくなった。

「こういうのを、人の子たちは『雨降って地固まる』というのです。収まるところに落ち着いてよかったですね」

枕元に正座していた鮎が、晴れやかな笑顔でそう言った。

「あ、鮎さんっ！　今までありがとうございます！　俺、おかげさまで神様を手に入れました！　本当にありがとうございました！　梅花さんにも、お礼を言いに行こうと思います！」

雪也は飛び起きて、裸のまま、鮎に頭を下げる。

それから、自分の格好に気づいて真っ赤になって布団に潜り込んだ。

「可愛がってもらえてよかったな、雪也」

「は、はいぃぃ……」

「梅花さんもいろいろ心配していたからね、あとで挨拶に行くといいよ、透流様と一緒に」

「そうだな。面倒をかけたからな」

なぜか透流が明後日(あさって)の方向を向くので、雪也は「どうしたのですか？」と聞くが、彼は「こっちの話だ」とそれしか言わない。

鮎は小さく笑って、「透流様もなかなかの意地っ張りでございました」と言う。

「お前と梅花は、大概、俺に不敬を働くな。俺が寛容であることを喜べよ？　他の神ならこうはいかんぞ？」

「しかと、肝に銘じます」

鮎は深々と頭を垂れ、「それでは」と、部屋から出て行こうとしたところ。

「鮎さん、花畠さんに会うことがあったら、引かれるほど重いことを言ってすみませんでしたと、伝えてくれますか？」

「いいよ。しかし、彼が引くほどのことを言ったのか。凄いね」

「あの時の俺は、一人で怒っている状態だったので……つい」

「今が幸せなら、まあいいよね。では」

言われた傍から、鮎はずいぶんと軽い感じで、手を振りながら今度こそ部屋を出た。

「透流様が俺のものになって、これから何か変わったりしますか？」

「そうだな………俺がいつもよりもお前をこうして抱き締めて、離さなくなる……かな？」

ぎゅっと、いきなり透流の腕の中に抱き締められる。

「これ、いつもと同じでは？」

「気持ちが違うぞ。もう理由を付けて『いい神様の振り』をしなくてすむ」

「俺も、これからはもっと透流様に甘えようと思います。なので、その、甘え方を教えてください。人の子は、神様がどこまで許してくださるのか分かりません」

笑顔でお願いすると、透流は右眉を上げて、わざと傲慢な態度を取った。

「お前な、十九年も俺の傍にいて、分からないだと？」

「今までは、みんなの透流様でしたから。……俺だけの透流様は、どれだけ俺を甘やかしてくださいますか？」

ちゅっと、彼の頬に唇を押しつけて、雪也が囁く。

「俺を翻弄するか、この愛らしい生き物め」

「そんな大それたことはしません」

雪也は笑いながら透流の体に足を絡め、「もっと可愛がってください」と言った。言ってから顔が赤くなるが、もういい。

「もちろんだ」と、透流は乱暴に布団に雪也を押し倒す。

可愛い音を立てて口づけを交わし、互いに「俺のものだ」と言い争って、そして最後に笑う。

神様を手に入れた人の子は、満足そうに「透流様が好き」と言った。もちろん、ちゃんと「俺もだよ」と返事をもらう。

これが嬉しくてたまらない。

「ところで雪也」

「…………はい？」

「俺はお前を眷属に迎え入れようと思う」

雪也は布団にくるまったまま「へ？」と、素っ頓狂な声を上げた。

「前から考えていたのだ。お前をずっと手元に置くために、俺ができる最良は何かと」

「そんな……透流様……」

気持ちが通じただけでも、こんな幸せはないのに。

雪也は体を起こし、透流を見つめて「俺、人の子ですよ？」と涙目で言った。

「知っている」

「人の子を……どうやって眷属にするんですか？」

「やり方はいろいろとあるのだ。もっとも安全で無理がないのが、出雲」

出雲は、神が集まる神聖な場所があり、そこに彼らは年に一度は集まって語り合い、そして解散する。

透流も、雪也を拾う前は毎年通っていた。

「出雲の神々に、人の子を眷属にする承認を得る。何があっても承認させる。俺は、たとえ何があっても……お前と共にありたいのだ、雪也」

涙が勝手に溢れてきた。

この神様は、なんてバカなんだろう。人の子を眷属にするなんて。そのために、他の神様にきっと頭を下げるのだ。日本中から参拝客がやってくる神社の神様が、たった一人の人の子のために、己の矜持など無視して。

「透流様は、バカです……っ」

「ああ、そうだな。俺ほど愚かな神もそう、おるまい」

「でも俺、俺は……透流様がバカでも好きです。大好き」

眷属になれなくてもいい。

透流がここまで自分のことを思ってくれていると分かったのだ。これ以上望んだら、きっとどこからか天罰が下る。

「俺は本気だからな？　雪也」

「はい……っ」

それでも、と雪也は思う。

きっとこの神様は、やってしまうのではないかと。

「愛してます。透流様を、愛してます」

嬉しくて、楽しくて、心臓が高鳴る。だから何度でも「愛してる」と言う。

「お前が言ってばかりだな。俺にも言わせろ」

透流の両手が伸びてきて、力任せに抱き締められた。

そして耳元に愛の言葉を囁かれる。

嬉しい。

あとがき

はじめまして&こんにちは。高月まつりです。

今回は神様と人の子の話を書かせていただきました。めっちゃ楽しかったです！

普通の人外も好きですが、こういった神様が出てくる特殊な人外ものも大好きです。特に、名もなき眷属たちがチョロチョロ動き回っている様子を書くのが楽しいです。

しかしながら、それをやり過ぎてしまうと話がうるさくなってしまうので、「ああうん、そこにいるね」程度に留めました。

透流という川の神様は、「好きな子は自分の手の中にいろ」というタイプの俺様的強キャラで、甘ったれ攻めとは違った強引さが書いていて気持ち良かったです。

そして、神様なのに受けの雪也に振り回され気味というか、人の愛し方を覚えていくというか、そういうところが好きです。

自分なりの愛し方がまったく相手に伝わっていなかったという、ある意味不憫な攻めかもしれません。

御利益はもの凄い神様で、雪也も得たので、これからは恋愛系にもの凄い威力を発揮してくれそうな予感がします。

反対に受けの雪也は、キレたら強いというか、頑固でした。

何度言われても、絶対に離れませんからという忠犬。

俺の幸せをあなたが否定しないでという一心で、突っ走ってくれたと思います。

年齢のわりにどこか幼いのは、大事に大事に育てられた「箱入り息子」だからです。

この二人はそのうち、新しい着物を仕立てて、数多の神様が集う出雲へ旅行という名の新婚旅行に行くと思います。

いや、行ってもらわなければハッピーエンドにした私が困ってしまう（笑）。


そんな彼らの脇でうろうろしていた丹頂が、個人的に凄く好きで。

丹頂鶴のままでもいいし、人の姿をしていてもいいと思ったので、描写は一切しませんでした。でもまあ、鶴が鶴のまま社の中を歩き回ったり、雪也を叱ったりするのもシュールで面白いかなと思います。

鮎さんはしっかり人間になってもらいました。

川の神様なので、眷属は川関係。

こんなことなら蛍も出せばよかったと、今思いました。

最初は違う川魚の名前をいくつか考えたのですが、最終的に鮎に落ち着きました。鮎さんはあっちに行ったりこっちに来たりと、今の生活を楽しみつつ、雪也の幸せを祈ってます。

そして、イラストを描いてくださった山田シロ先生、ありがとうございました！ 透流がめちゃくちゃ格好いい！ ああ私が書いた神様ってこんなに格好良かったのかと再確認しました。そして雪也が可愛い。子供の雪也も、育って凜々しさが出てきた雪也も、とにかく可愛いくて泣きそうになりました……。本当にありがとうございました。

ここまで読んでくださってありがとうございました。
これからも趣味に走りつつ、ラブ＆エロを書いていきたいと思います。
それでは、また次回作でお目にかかれれば幸いです。

感謝
個人的に冬の空気がとても好きなので
その中で出会った美しくカッコイイ透流と
健気でかわいい雪也を描かせて頂けて
大変光栄でした！
手にとって下さった皆様。
高月先生、担当様
本当にありがとうございました
山田シロ
Shiro Yamada
Thanks

ダリア文庫

祖母の営む食堂で働く啓介は、突然店に現れた美形親子・雷火と火嵐に「この土地を譲れ」と言われる。お断りしたはずが、なぜか親子共々一緒に住むことに。しかも、雷火は神格を得た白狐で「お前は、俺の禁欲解禁の相手にふさわしい」と強引に迫ってきて――!?

✽大好評発売中✽

初出一覧

ダリア文庫をお買い上げいただきましてありがとうございます。
この本を読んでのご意見・ご感想・ファンレターをお待ちしております。

〒170-0013 東京都豊島区東池袋3-22-17　東池袋セントラルプレイス5F
(株)フロンティアワークス　ダリア編集部
感想係、または「高月まつり先生」「山田シロ先生」係

この本のアンケートはコチラ！

http://www.fwinc.jp/daria/enq/
※アクセスの際にはパケット通信料が発生致します。

水神様の愛し子 ～神が人の子を育てたら～

2019年2月20日　第一刷発行

著　者
高月まつり

発行者
辻 政英
発行所
株式会社フロンティアワークス
〒170-0013 東京都豊島区東池袋3-22-17
東池袋セントラルプレイス5F
営業　TEL 03-5957-1030
編集　TEL 03-5957-1044
http://www.fwinc.jp/daria/
印刷所
中央精版印刷株式会社